DEWEY GRAM

Dante's Peak

DEWEY GRAM

DANTE'S PEAK

Der Roman zum Film
nach einem Drehbuch von Leslie Bohem

Aus dem Amerikanischen von
Hartmut Huff

GOLDMANN

Die Originalausgabe erschien 1997
unter dem Titel »Dante's Peak«
bei Boulevard, New York

Umwelthinweis:
Alle bedruckten Materialien dieses Taschenbuches
sind chlorfrei und umweltschonend.
Das Papier enthält Recycling Anteile.

Der Goldmann Verlag
ist ein Unternehmen der Verlagsgruppe Bertelsmann

Deutsche Erstausgabe 4/97

Umschlaggestaltung: Design Team München
Umschlagfoto: Copyright © 1997 by Universal Pictures
Satz: deutsch-türkischer fotosatz, Berlin
Druck: Elsnerdruck, Berlin
Verlagsnummer: 43857
AB · Herstellung: Sebastian Strohmaier
Made in Germany
ISBN: 3-442-43857-8

3 5 7 9 10 8 6 4 2

I

Galeras, Kolumbien – 1991

Elektrische Ladungen bauten sich in den pilzförmigen schwarzen Wolken auf, und Blitze schlugen in den verhüllten Boden. Ein dunkler, rußiger Regen fiel schwer auf die winzige Stadt, kein Regen aus Wasser, sondern aus schlackigen vulkanischen Trümmern und Asche, die man Tephra nennt.

Ein fortwährendes tiefes Rumpeln, so als ob riesige Raketentriebwerke versuchten, freizubrechen, erschütterte die Erde. Sporadische Schockwellen von gigantischen Explosionen rasten durch den Wald, bogen Bäume und ließen sie bersten.

Darüber erschien nur für kurze Augenblicke ein Glühen dessen, was sonst Mittagssonne war, erlosch dann wieder in der Dunkelheit herabregnender Asche. Der Tag war verschwunden.

Galeras war ein Dorf im Südwesten Kolumbiens.

Es lag in den äquatorialen Wäldern der Andenkordilleren, dem hohen, zerklüfteten Rückgrat Südamerikas, das seinen Anfang hier an der nordwestlichen Schulter des Kontinents nahm und längs der Pazifikküste nach Tierra del Fuego lief. Die Kordilleren waren ein Kind der Tektonik – diesem Prozeß des Faltens, Sichverbiegens, des Gebärens von Vulkanen, der

Resultat des Kollidierens zweier Kanten der etwa zwanzig gigantischen harten Platten der Erde war.

Dieser fortwährende uralte Prozeß, der sich in diesem Moment noch immer unterirdisch vollzieht, war der Auslöser für das Chaos oben.

Längs der ganzen Westküste des Kontinents prallten die Nazca-Platte und die südamerikanische Platte aufeinander, und die erste wurde unter letztere gedrückt. In einer gewissen Tiefe schmolz die verschluckte Nazca-Platte, schickte durch Schlote geschmolzenes Gestein empor, den Stoff der Vulkane.

In Galeras eruptierte ein solcher Subduktionsvulkan und quälte so die ohnehin gepeinigte, zerklüftete Andenregion.

Es stimmte, daß dies eine extrem unwirtliche Gegend war und daß sie wenig für den Lebensunterhalt der zähen kolumbianischen Indianer hervorbrachte, die seit dreißig Generationen inmitten des aufragenden Granits lebten. Aber es stimmte auch, daß die Rauheit der Landschaft sich in gewisser Hinsicht als Segen erwies. Nur wenige hundert Menschen lebten in der unmittelbaren Nähe des Monsters, aus dem jetzt todbringende, glühende Lava regnete.

Chaos packte Galeras, und Entsetzen trieb die wenigen hundert Einwohner, die durcheinanderrannten, um zu fliehen, zu Fuß, per Lastwagen, auf dem Fahrrad.

Ein Fremder – einer, der eigentlich hätte wissen müssen, daß er in dieser finsteren Stunde nicht hier sein sollte – versuchte seinen verbeulten Dodge Pickup auf der tief gefurchten Straße zu halten und fortzukommen.

Harry Dalton, Geologe und Vulkanologe, mühte sich wild, die bedrängte Stadt zu durchqueren und zu seinem selbstgebauten »Vulkan Observatorium« auf der anderen Seite zu gelangen. Harry Dalton, der mächtig schwitzte, während er seinen Lastwagen steuerte, wußte, daß er sein Glück herausforderte – wieder einmal.

Harry hatte schon als kleiner Junge nur Schwierigkeiten gemacht, wenn man seine Mutter fragte. Eigensinn war dafür ein zu mildes Wort. Mit seinem Vater sprach man über Harry besser nicht. Seit Harrys Teenagerzeit war die übliche Form ihrer Unterhaltung Streit bis zum äußersten gewesen.

Hätte Harry, der jetzt Mitte Dreißig war, sich für das Leben entschieden, das von ihm erwartet worden war – Anzug, Krawatte und der Laptop im Vorortzug –, hätte man ihn vielleicht für gutaussehend halten können, vielleicht zu gutaussehend. Er kümmerte sich längst nicht mehr darum. Wenn er sich einmal jeden vierten Tag rasierte, während er unterwegs war, war das ungewöhnlich. Wenn er sein wettergegerbtes Gesicht der Höhensonne, Wind und Staub weniger als ein Dreiviertel jeden Jahres aussetzte, war es ein schlechtes Jahr.

Nein, die Menschen hielten Harry nicht für gutaussehend. Mehr für einen entschlossenen, anstrengenden, verrückten Hurensohn mit einem Lächeln, das ein Zimmer erhellen konnte, sofern er gerade Lust dazu hatte.

Aber Lust zum Lächeln hatte er nur selten. Die meiste Zeit war er zu sehr damit beschäftigt, ernst dreinzuschauen, wenn er sich intensiv auf die große Leidenschaft seines Lebens konzentrierte – auf Vulkane. Manchmal, wenn Harrys Arbeiten in einem schlafenden Caldera zu einer fesselnden Entdeckung führten oder wenn sich die Aussicht bot, einen tätigen Vulkan zu erleben, erhellte sich sein Gesicht mit einem Ausdruck unglaublicher Freude. Wie ein Junge, der den Schatz von Rotbart ganz alleine entdeckt hat.

Harry steuerte den Pickup um einen Erdrutsch herum und raste zum anderen Ende des kleinen Dorfes. Als er jetzt einen Blick durch die Windschutzscheibe hoch zu den Bergen im Westen warf, war sein Ausdruck von Freude mit einer gewissen Furcht vermischt.

Er hielt vor einem kleinen, aus Adobeziegeln errichteten Gebäude, ließ den Motor laufen und eilte hinein.

In dem einräumigen Haus mit Lehmboden, das über nichts verfügte, was auch nur entfernt an einen Wasseranschluß erinnerte und in dem Stoff als Fensterscheiben diente, gab es Hinweise auf das Ende des 20. Jahrhunderts: zwei Computer und, mit ihnen verbunden, ein Paar tragbarer Seismographen, die fast auf dem neuesten Stand der Technik waren.

Dies war die kolumbianische Station U. S. Geological Survey's – ein zeitweiliges Observatorium.

Marianne, eine bildschöne, schlanke, athletische junge Frau und Harrys künftige Gattin, beobachtete die Seismographen. Erregt kommentierte sie die Anzeigen mit persönlichen Bemerkungen, während Erdstöße das Gebäude erzittern ließen und roter Staub von der geborstenen Decke herabfiel. Sie unterhielt sich mit ihren beiden kolumbianischen Assistenten in Indianersprache, gab ihnen Anweisung, die Fenster und die Computer mit Plastikplanen zu verdecken, um den Staub und die Asche abzuhalten, als Harry hereingestürmt kam.

»Liebling, laß uns schnellstens von hier verschwinden«, sagte Harry. »Sofort!«

Das ließen die beiden Assistenten, zwei Indianerjungen, sich nicht zweimal sagen, sie flohen an Harry vorbei aus der Tür. Aber als Marianne sich von den Seismographen zu ihm umwandte, war ein Leuchten in ihren Augen.

»Laß uns bleiben, Harry«, sagte sie. »Laß uns die Schau ansehen.«

Harry verstand. Natürlich verstand er das. Teufel auch, bevor er Marianne kennengelernt hatte, hätte er genau diese Worte gesagt. »Die Show« – sie war ein Hauptgrund, warum er, ein Ehegegner, eingefleischter Junggeselle und unverbesserlicher Einzelgänger, sich so heftig in Marianne verliebt hatte, als sie sich vor zwei Jahren in Alaska begegnet waren.

2

Marianne Satterfield war eine ebenso passionierte Vulkansüchtige wie Harry Dalton. Durch die Nähe eines aktiven Vulkans mit seinen Geheimnissen und seiner Kraft wurde sie ebenso aufgedreht wie er. Sie war nicht nur eine Frau, die sich vor dem Rumpeln eines Vulkans nicht fürchtete, sondern bei diesem Gefühl erst zum Leben erwachte. »Es ergreift Besitz vom Körper«, sagte sie zu Harry bei dieser ersten Begegnung.

Harrys Augen wurden groß. Hier war eine attraktive Frau, ja. Dem Ruf nach eine erstklassige Wissenschaftlerin, ja. Aber plötzlich war sie soviel mehr: ein hinreißender menschlicher Seismograph. Und sie verstand.

Harry war fasziniert. Er hatte seine Seelenverwandte gefunden. Er machte ihr einen Heiratsantrag, noch bevor sie die Stelle verlassen hatten. Marianne war besonnen genug, mit ihrer Antwort so lange zu warten, bis sie wieder auf festem Boden waren und sie ein vernünftiges Urteil treffen konnte: War es Harry oder die Vulkangöttin Pele, die sie dazu brachte, sich zu verlieben?

Es war Harry.

Sie hatten geplant, in ihrer Heimatstadt Baltimore zu heiraten, mußten aber wegen interessanter Aufträge die Zeremonie mehrere Male verschieben. Endlich sollte vor drei Wochen die kleine familiäre Hochzeit stattfinden. Da begann dieser unglaubliche Vulkan in Kolumbien zu rumpeln.

Sie verschoben die Zeremonie erneut und fuhren zurück zur USGS-Zentrale in Vancouver, Washington. Abreisebereit begaben sie sich in das Büro ihres Chefs, aber nur um zu erfahren, daß die USGS dies als Kleinkram betrachtete und es eine nur sehr geringe Gefahr für die Bevölkerung darstellte. So abgelegen war der Ort.

Marianne ließ sich nicht abschrecken.

Sie steckten die Köpfe zusammen und schmiedeten einen Plan. Während Harry die USGS mit Argumenten bombardierte, daß man sie aus rein wissenschaftlichen Gründen entsenden müsse, machte Marianne sich still an die Arbeit.

Sie nahm Verbindung zu leitenden Mitarbeitern auf, die sie bei British Petroleum Ltd., Oxy Colombia, Shell and Occidental Petroleum of Bakersfield, Kalifornien, kannte. Sie alle hatten wichtige Pipelines, die durch die Kordilleren in Kolumbien liefen. Sie wußte, daß die Ölproduktion in den kolumbianischen Feldern bevorstand, und sie hatte gehört, daß man den Bau neuer Pipelines plante. Sie überzeugte die Mitarbeiter davon, daß es wichtig sei, die Vulkanrisiken der Region zu kennen. Die Ölgesellschaften erklärten sich freudig bereit, 80 Prozent der Kosten für die Untersuchung zu übernehmen, ohne jede Bedingung.

Kolumbien, wir kommen. Hochzeit später.

Sie hatten gerade damit begonnen, Seismometer zu setzen und diesen siedenden Vulkan zu verdrahten, als er plötzlich viel heißer wurde, als sie je erwartet hatten.

Nichts als Sorge um Marianne konnte Harry jetzt dazu gebracht haben, zu sagen und zu tun, was er nie zuvor an einem rauchenden Vulkan gesagt hatte: »Wir haben schon zu lange gewartet«, bellte er im Befehlston. »Wir gehen jetzt. Komm.« Er faßte ihre Hand. Wenn Harry so unnachgiebig ist, dachte Marianne, dann muß es einen ernsten Grund zur Sorge geben. Sie wußte, daß ihr keine andere Wahl blieb, als mit ihm hinauszueilen.

Sie rannten zu dem Lastwagen, wo die Assistenten warteten. Gerade als sie sich dem Fahrzeug näherten, explodierte eine vulkanische Bombe unmittelbar vor ihnen – ein Klumpen halberstarrter Lava aus dem zwei Meilen entfernten spuckenden Krater. Die Bombe warf hinter ihnen einen Haufen Erde auf wie beim Einschlag einer Mörsergranate und schleuderte sie gegen den Lastwagen.

Die indianischen Assistenten rannten in Richtung auf die Hügel weg. Harry sprintete los, zog sie zurück und schob sie auf die Ladefläche des Pickup.

Der Berg brüllte, als Harry den Lastwagen in Gang setzte und durch das Zentrum der Stadt fuhr. Er mußte sich vorsichtig den Weg durch die fliehenden Indianer suchen. Absolutes Chaos herrschte auf den Straßen – alte Männer und Frauen irrten herum, Frauen mit Babys auf den Armen liefen bergabwärts, so schnell sie konnten, zogen und zerrten Kleinkinder mit sich.

Harry fuhr auf die steile, schlammige Bergstraße. Hinter ihnen erschütterte eine weitere gewaltige Explosion die Erde, als ein Teil an einer Schulter des Kegels weggesprengt wurde und sich ein zweiter Krater öffnete.

Die Schockwelle rollte den Berg herunter, riß Bäume um. Harry hatte Mühe, den Wagen auf der Straße zu halten. Die Passagiere auf der Ladefläche hielten sich krampfhaft fest, während sie von einer Seite zur anderen geschleudert wurden. Voller Entsetzen beobachteten sie, wie vom Berg hinter ihnen ein Lahar, ein reißender Strom heißen vulkanischen Schlammes, auf ihr Dorf zuschoß.

Als der Lastwagen einen relativ geraden Abschnitt erreicht hatte und schneller fuhr, schlug eine vulkanische Bombe vor ihnen in den Boden ein. Harry lenkte den Lastwagen über den Lavafelsen, so daß das Fahrzeug fast umkippte. Dann schlug eine weitere Bombe direkt auf den vorderen Kotflügel, verbeulte ihn, und Rauch quoll hoch, als Metall und Reifen in Kontakt kamen.

Harry bückte sich über das Lenkrad und fuhr um sein Leben – um ihr Leben. Marianne, deren Gesicht vor Aufregung gerötet war, drehte sich um und blickte durch das Heckfenster zurück. Der Himmel hinter ihnen war schwarz durch den dichten Ascheregen. Der Lastwagen raste wie verrückt, holperte und krachte um die Kurven. Die Assistenten klammerten sich verzweifelt fest, keuchten in der gaserfüllten Luft.

Dann durchschlug eine kleine vulkanische Bombe, nicht größer als eine Grapefruit, das Dach des Wagens.

Harry drehte sich zur Seite und sah, daß Marianne auf dem Sitz nach vorne sackte. Blut lief aus ihrem Hinterkopf. Harry zog ihren leblosen Körper an sich, fuhr so schnell er konnte, wollte es einfach nicht glauben. »Oh, Marianne, o mein Gott. Halte durch, Mädchen. O mein Gott ...«

Seine gequälten Schreie verschmolzen mit der Litanei vulkanischer Bomben, die überall ringsum einschlugen und dem winselnden Motor des Lastwagens, dem Harry das Äußerste abverlangte, um zu versuchen, Hilfe für seine geliebte Marianne zu bekommen.

3

Vancouver, Washington
Fünf Jahre später
Das Geologische Vermessungsamt des Cascades-Vancouver-Observatoriums der Vereinigten Staaten war ein flaches, trügerisch unauffälliges, zweistöckiges Gebäude. Ein Blocksteinbau mit einförmigen Reihen identischer Fenster. Es ähnelte eher einem Apartmenthaus für schlechter Verdienende als der Zentrale der größten Organisation der Welt für die Erforschung von Vulkanen und die Vorhersage ihres Ausbruchs.

Harry Dalton ging einen hallenden Korridor entlang. Er war seit Galeras und dem Tod seiner Verlobten gealtert. Jetzt leuchtete etwas Unbeteiligtes, ein wenig fern, in seinen Augen. Die Welt war nicht mehr die Siegerstraße, die sie einmal gewesen war.

Neun Menschen waren in Galeras gestorben: drei Einheimische, fünf Vulkanologen anderer Teams und Marianne. Aber die Mission von Harry und Marianne hatte Ergebnisse erbracht.

Galeras wurde auf eine Liste von 15 Vulkanen gesetzt, die weltweit von Wissenschaftlern als »Internationale Dekaden Vulkane« beobachtet wurden. Was bedeutete, daß er jetzt als

Vulkan betrachtet wurde, der so groß und gefährlich war, daß er ständig beobachtet werden mußte, weil er eine erhebliche Gefahr für die acht Kilometer entfernte Stadt Pasto mit ihren 300 000 Einwohnern darstellte. Das Space Shuttle, das während einer der Endeavor-Missionen ins All gebracht worden war, fotografierte ihn jetzt regelmäßig unter Verwendung von Radar und hitzeempfindlichem Infrarot, suchte nach Veränderungen, nach Warnzeichen.

Für Harry war es eine bittere Erfüllung. Jede Genugtuung, die er vielleicht als Wissenschaftler empfunden haben könnte, war unter seinem Leid um seine Liebe begraben.

Er ging den Korridor hinunter, bog um die Ecke und hatte die Treppe erreicht, als – langsam und unbeholfen die Treppe ihm entgegensteigend – Spider Legs seinen stumpfen Kopf hob.

Die Kreatur war ein hundertzwanzig Zentimeter großer laufender Roboter mit einem gedrungenen hitzebeständigen Keramik-Metall-Korpus und acht Beinen. Jeweils vier Sprossen aus zwei kettengelagerten Rahmen. Die Beine hatten Saugnäpfe an den teleskopischen »Knöcheln« aus Gummi. Die »Füße« ragten zehn Zentimeter über die Näpfe hinaus. Der Roboter »lief«, indem ein Rahmenelement zuerst seine Beine vom Boden hob, dann vorwärts glitt, seine Beine auf den Boden setzte und seinen Schwerpunkt so verlagerte, daß der andere Rahmen seine Beine heben und sich vorschieben konnte.

Terry Furlong, ein großer Bursche mit rostbraunem Bart und einer Schwäche für grelle Hemden, war der Mechaniker-Ingenieur und Vulkanologe, der Spider Legs gebaut hatte. Er stand am Fuß der Treppe und manövrierte den Roboter mit einer Fernsteuerung. Zwei Techniker, Nancy Field, eine hübsche Frau Mitte Zwanzig, und Stan Tzima, ein paar Jahre älter, feuerten den mechanischen Arachnoiden an.

»Mach schon, Spider Legs«, rief Terry. »Tu's für Papa.«

Harry, der beiseite trat, um Spider Legs Platz zu machen, bemerkte das kleine rechteckige Metallkästchen, das auf dem Rücken des Roboters auf Streben befestigt war. »Was soll der Buckel?« sagte er.

»Durch diesen Buckel da«, sagte Stan, »stehen wir weiter auf der Zuschußliste der NASA. Wenn wir deren Geld wollen, müssen wir was von ihrem Zeug wie diesen E. L. F. testen.«

»Elf?« fragte Harry.

»E. L. F.«, sagte Terry. »Extra Low Frequency Transmitter. E. L. F. ist das Ding, das Schallwellen durch den Planeten schickte und neue Erkenntnisse über den Eisenkern brachte, der sich schneller als der Rest der Erde dreht. Der wird denen verraten, woraus der Mars tatsächlich besteht. Wie bei jeder Stippvisite – Verflucht! –« Er reichte Stan den Joystick und schob seinen stämmigen Körper Richtung Treppe. »Jetzt lauf weiter«, bellte er den Roboter an. »Wie willst du in einen Vulkan laufen, wenn du nicht mal Treppen steigen kannst?«

Spider Legs war stehengeblieben. Er stand einfach da und schlug mit den Beinen. Terry ging die Treppe hoch und versetzte dem Roboter einen kräftigen Tritt in die Hinterseite. »Entschuldige, Kumpel«, sagte er. Spider Legs reagierte auf die grobe Liebesbezeugung. Er begann wieder zu laufen, führte langsam seine unbeholfenen Schritte treppaufwärts aus.

»Quasimodo nahm zwei Stufen auf einmal, bevor Terry ihm das E. L. F. auf den Rücken setzen mußte«, sagte Nancy.

Harry war interessiert. Er trat näher, um sich das genauer anzusehen. »Hmm – verändert den Schwerpunkt der Maschine«, sagte er, »und ist eindeutig zu schwer, um bei irdischer Schwerkraft getragen zu werden. Laßt doch mal sehen, was passiert, wenn wir das abheben? Muß vielleicht nur an anderer Stelle angebracht werden?« Harry hatte den intensiven Blick eines Problemjunkies, der sich mit einer großen Herausforderung konfrontiert sieht. Er krempelte buchstäblich die Ärmel hoch, als Terry ihn gutmütig unterbrach.

»Der einzige, der hier abhebt, bist du«, sagte er. »Du erinnerst dich vielleicht, daß du ein Flugzeug erreichen mußt.«

»Glückspilz«, sagte Nancy. »Fliegt auf die Keys.«

Harry spürte deutlich die Ironie dieser Bemerkung, insofern, als ihm die Erkenntnis noch bewußter wurde, daß er keinen Urlaub machen wollte. Daß er alles andere als begeistert davon war, zum Marlinefischen auf die Keys zu fahren, wo er definitiv wußte, daß in diesem Augenblick acht bis zwölf Eruptionen bei den 1500 aktiven Vulkanen auf der Welt erfolgten. Und er könnte bei jedem von denen sein und etwas Wertvolles und Verblüffendes lernen.

Er begann an Spider Legs herumzubasteln. »Ist noch reichlich Zeit«, sagte er besorgt.

Stan mußte Harry von dem Roboter förmlich wegschieben, die Treppe hinunter. »Harry, Urlaub machen wird dich nicht umbringen.«

»Amüsier dich gut!« sagte Nancy, die half, ihn zur Tür zu geleiten.

Harry hatte definitiv nicht die Absicht zu gehen. Er zögerte an der Tür. »Schön, ich denke, ich werde euch allen eine Postkarte schicken.«

Sie schauten ihn gleichermaßen erstaunt wie besorgt an. Terry sagte aufrichtig: »Vergnüge dich doch zur Abwechslung einmal selbst.«

Harry sah wirklich so aus, als könne er ein wenig Vergnügen brauchen. Er nickte. Dann war er aus der Tür.

4

Harry schlenderte auf den Parkplatz und prüfte sein Gepäck. Er hatte seinen Laptop mit internem Modem dabei, so daß er während seiner Abwesenheit zumindest Verbindung zu vulkanologischen Datenbanken halten konnte. Damit konnte er die Entwicklung von einem halben Dutzend unruhiger Vulkane in aller Welt verfolgen, von denen er wußte, daß sie auf der Alarmskala kurz vor dem Orange und Rot standen.

Harry seufzte. Kein Hinauszögern mehr. Er war zur Abreise so bereit wie immer. Er stieg in seinen robusten Geländewagen, einen 1987er Chevy Suburban mit Allradantrieb, speziell ausgerüstet für einen Geologen. Er wünschte sich sehnlichst, auf dem Weg zu einer Mission zu sein statt zum Flughafen. Er schloß die Tür, startete den Motor und legte den Rückwärtsgang ein. Als er zurücksetzte, kam Greg Esmail, ein junger Assistent, ihm nachgelaufen.

»Harry – Harry!« rief er. »Paul will dich im Labor sehen.« Greg war gebürtiger Pakistani, hatte wildes, krauses Haar, dunkle Bartstoppeln und riesig große Augen, die immer erschreckt wirkten. Deshalb konnte Harry schwer beurteilen, ob er wirklich aufgeregt war. Aber trotzdem ...

»Ach ja?« sagte Harry, der seine eigene Erregung und

Dankbarkeit kaum verbergen konnte – ein Strafaufschub! Er setzte den Wagen wieder auf den Parkplatz, stellte den Motor ab und sprang hinaus. Zurück an die Arbeit, hoffte er. Die grafische Linie von Harrys guter Laune schlug jäh nach oben aus.

Nach der Katastrophe in Kolumbien war Harry aufgelöst. Er sprach davon, daß er Vulkane hasse und alles, was mit ihnen zu tun habe, und sehnte sich doch danach, sich in Arbeit zu stürzen. Paul Dreyfus, sein Boß, begrüßte ihn nach Mariannes Beisetzung wieder zur Arbeit, entschlossen, ihn aufmerksam zu beobachten. Es dauerte nicht lange, bis seine Ängste Bestätigung fanden.

Harry weinte hinter verschlossenen Türen, verlangte sich alles ab, schrie seine Kollegen an und zerbrach in seiner Ungeduld Instrumente. Er wollte die Geheimnisse und Gefahren von Vulkanen über Nacht lösen. Er wollte sie unschädlich machen, sie kastrieren, zu Maulwurfshügeln machen. Er war außer Kontrolle.

Paul beharrte, wenn auch behutsam, darauf, daß Harry ein Jahr bezahlten Urlaub machte, um seine innere Ruhe wiederzufinden. Harry hatte sich nicht gewehrt. Er wußte, daß es in seinem Inneren brodelte. Er ging bereitwillig.

Er nahm seine Wanderausrüstung und seine Malutensilien. Er plante eine Reise durch Südostasien und die Inselwelten des südchinesischen Meeres, wo er wandern und malen und sich im Studium von Kulturen verlieren wollte.

Die Idylle dauerte nicht lange.

Der Mount Pinatubo auf den Philippinen begann heißer zu werden, kaum daß Harry nach Fernost abgereist war. Von Angehörigen des einheimischen Aeta-Stammes erfuhr er, daß das Land von kleineren Erdbeben heimgesucht wurde. Harry hörte die Trommelsprache achthundert Meilen entfernt auf Celebes und eilte schnurstracks auf die Philippinen. Als das Einsatzteam von Vulkanologen der U. S. Geological Survey mit seinen hochentwickelten Sensor- und Überwachungsgeräten eintraf, stellten sie fest, daß Harry Dalton, der eigentlich vom Cascades Observatory beurlaubt war, schon seit Tagen dort war.

Harry wußte bereits durch seine gleichermaßen hochentwickelte Ausstattung an Erfahrung und Sinnen, daß der Boden unter ihnen magmaträchtig war und kurz vor der Geburt stand. Er hatte die Verantwortlichen in vielen nahegelegenen Städten und Dörfern besucht und ihnen geraten, damit zu beginnen, die Menschen psychologisch auf die Evakuierung vorzubereiten. Keine leichte Sache für Filipinos, die ihrem Land sehr verhaftet sind.

In den nächsten fünfundvierzig Tagen arbeitete Harry bis zur Erschöpfung, indem er für das internationale Team die Dreckarbeit machte und persönlich Dorf für Dorf den Eingeborenen half, ihre Habe zu packen. Als der Pinatubo schließlich am 15. Juni ausbrach, war dies zugleich ein großer Erfolg für die Wissenschaft. Dank der Vorhersagen der Vulkanologen waren 85 000 Menschen evakuiert und gerettet worden.

Tausende Tonnen von Asche und Felsen stürzten auf verlassene Städte und Dörfer herab. Tephra und Lavabomben trafen die amerikanische Clark Air Force Base wie damals die Volltreffer in Pearl Harbor, aber 18 000 Soldaten und ihre Angehörigen waren bereits in Sicherheit. Eine pilzförmige Wolke von 130 Meilen Durchmesser schoß in die Stratosphäre, und darauf folgten zweiundsiebzig Stunden völliger

Dunkelheit. 300 Menschen starben. Es hätten leicht 500 000 sein können.

Die meisten Wissenschaftler frohlockten über diesen Erfolg. Harry indes, der fast völlig am Ende war, brütete. Warum hatte überhaupt jemand sterben müssen?

Die Teams der Vulkanologen gingen, aber Harry blieb. Er streifte eine Gesichtsmaske aus Leinen über, trug einen Regenschirm als Schutz vor dem anhaltenden Ascheregen und lebte bei den Eingeborenen. Er half ihnen beim Ausgraben und Wiederaufbau und sich daran zu gewöhnen, Duschkappen und Halstücher zu tragen und mit dem immer wieder grollenden Vulkan im Hintergrund zu leben. Er tat, was er konnte, um sie auf die kommenden Lahars vorzubereiten. Und sie kamen. Sturzfluten von heißem Vulkanschlamm, begleitet von tosenden Unwettern, begruben ganze Dörfer. Zwei kleine Mädchen wurden im ersten begraben, und das spornte Harry noch mehr an.

Er verdoppelte seine Anstrengungen, arbeitete an Schutzdämmen, schlief kaum, atmete den Staub, aß kaum. Schließlich brach er zusammen.

Herzzuckungen, nächtliche Schweißausbrüche, Orientierungslosigkeit, Gewichtsverlust und ansteigender Blutdruck – das machte sogar Harry angst. Ihm wurde klar, daß er sich selbst umbrachte, und wenn er leben wollte, dann mußte er aus dem Vulkangeschäft völlig aussteigen. Er faxte Paul Dreyfus in Cascades seine Kündigung und fuhr heim.

5

»Heim« war eine Apfelplantage im Südosten von Washington State, wo Harry aufgewachsen war. Natürlich war das nicht länger sein Zuhause, aber es war der Ort, an dem es nach seinem Zusammenbruch in Pinatubo sinnvoll schien, von vorne anzufangen. Er reiste dorthin, um bei seiner verwitweten Mutter zu bleiben und sich vom Vulkangeschäft zurückzuziehen.

Hätte Harrys Vater noch gelebt, wäre er unter diesen Umständen nicht heimgefahren. Der strenge, anspruchsvolle Dave Dalton hatte gewollt, daß sein Sohn einen »produktiven« Beruf ergreifen sollte. Apfelanbau, Buchhalter, Arzt. Schwere, ehrliche Arbeit, die dazu beitrug, daß die Welt sich weiter drehte und mit der man sich einen anständigen Lebensunterhalt verdienen konnte.

Harry hatte nichts dagegen einzuwenden. Bis eine Highschool-Exkursion in den Yellowstone National Park in Wyoming in ihm eine Faszination für Vulkanismus weckte. Die Vorstellung, seine Zeltstäbe in eine dünne Erdkruste zu stecken, die auf einem See von 2 000 Grad heißem Magma von der Größe von Rhode Island trieb, war für einen wissenschaftlich interessierten Jungen eine Offenbarung. Und bei einem Eruptionszyklus von etwa 600 000 Jahren war der große Kahuna fällig. Er würde Asche auf ein Drittel der Vereinigten Staaten spucken. Harry wollte alles darüber wissen. Wenn das zu seinen Lebzeiten stattfand, wollte er dort sein!

Hätte der Vater die plötzliche Leidenschaft des Sohnes, Vulkanologe zu werden, einfach hingenommen, wäre sie vielleicht wieder verflogen. Statt dessen verdammte er sie. Er wollte nichts mit der Jagd nach Vulkanen zu tun haben. »Reine Zeitvergeudung!« bellte er. »Die verdammten Dinge spucken sowieso. Du versuchst nur, harter Arbeit aus dem Wege zu gehen.«

Harry stritt fortwährend mit seinem Vater, weil er versuchte, ihn davon zu überzeugen, daß es eine sinnvolle Aufgabe sei. Aber eines Tages hörte er zufällig, wie der alte Bursche einem seiner Apfelfarmerkumpane erzählte: »Es gibt keine Söhne mehr, die auch nur halb so gut sind wie der Vater. Sind als Arbeiter einen Dreck wert. Sie schaffen das nicht, brechen zusammen.«

Harry verzichtete auf weitere Diskussionen und entschloß sich, sein Leben selbst zu gestalten.

Nachdem Harry von den Philippinen heimgekommen war, kam er wieder zu Kräften, indem er lange schlief, aß, was seine Mutter gekocht hatte, und half, die verbliebenen Obstgärten zu pflegen. Er bekam eine Stellung als Aushilfslehrer an der zentralen Highschool des County und verbrachte seine Freizeit mit Tennisspielen, Golfen und Lachsfischen. Abends las er Romane, Geschichtliches und Biographien. Alles, außer Vulkanologie und Geowissenschaften.

Nach fünfeinhalb Monaten fühlte er sich kräftig und gesund und glaubte seine Leidenschaft für Vulkane überwunden zu haben – geheilt zu sein. Er beabsichtigte, zwei benachbarte Obstgärten zu kaufen und ernsthaft in das Apfelfarmgeschäft einzusteigen. An dem Abend, bevor er sein endgültiges Angebot machen wollte, machte er den Fehler, ein Joseph Campbell-Fernsehinterview über das Thema »seiner Berufung folgen« anzuschauen.

Augenblicklich und unauslöschlich wurde ihm bewußt, daß Äpfel nicht seine Berufung waren. Auf der Farm folgte er dem Nichts. Er lief vor seiner wahren Berufung davon.

Einen Tag später tauchte er im Cascades Observatory auf und bat darum, seine alte Stelle wieder antreten zu können. Er hatte eine Rede darüber vorbereitet, wie er sein Augenmaß wiedergefunden hatte und daß er bereit sei, sich strikt an die Regeln zu halten. Er bekam keine Gelegenheit, diese Rede zu halten.

Paul Dreyfus hieß ihn in dem Augenblick, als er durch die Tür trat, bei der Arbeit willkommen. Der Rest seiner Kollegen ebenfalls. Keiner von ihnen hatte auch nur eine Minute geglaubt, daß Harry Apfelfarmer werden würde. Blödsinn. Sie hatten Wetten darüber abgeschlossen, wieviel Wochen oder Monate es dauern würde, bis sein Gesicht wieder in der Tür auftauchte.

»Ich habe dir sechs Monate gegeben«, sagte Paul. »Also lag ich um zehn Tage daneben. Dein Büro ist frei. Ich habe natürlich nie Ersatz eingestellt.«

Harry war so gerührt und erleichtert, daß er am liebsten jeden einzelnen geküßt hätte, wenn das nicht für ihn einen zu großen Verlust auf der Macho-Skala bedeutet hätte. Aber sie wußten durch das strahlende Lächeln, das sein Gesicht erfüllte, daß der alte Harry zurück war – oder sein würde, sobald er wieder draußen an der Front war und sich für einen Tag oder drei oder vier seine Stoppeln wachsen ließ.

Als Harry jetzt zurück in Pauls Büro kam, war sein Blick erwartungsvoll. Vielleicht war einer der »Großen Fünfzehn Internationalen Dekade Vulkane« bedrohlich geworden, und er mußte alles stehen- und liegenlassen, um sofort vor Ort zu eilen.

Paul studierte einige graphische Darstellungen, die auf seinem Schreibtisch lagen. Er blickte nicht auf, sondern winkte nur Harry herein. »Hi, Harry«, sagte er. »Setz dich.«

Paul Dreyfus war ein rauher Naturmensch, knapp an die Fünfzig, ein Mann, den man niemals für einen Bankkassierer halten würde.

»Du wanderst doch gerne in den Cascades, oder?« sagte Paul, wobei er aufblickte.

»Sicher«, sagte Harry. »Warum?«

»Na ja – wir zeichnen hier Aktivitäten um Dante's Peak auf«, sagte Dreyfus.

Harry lachte enttäuscht. »Das ist ein Witz, oder?« sagte er. »Dante's Peak?«

Dreyfus reichte Harry ein Papier, auf dem Infrarot-Satelliten-Bilder zu sehen waren. Harry betrachtete es.

»Thermische Aktivität ... leichte Temperaturveränderungen ... interessant«, sagte Harry mit einem Lächeln. »Wie stehen die Chancen für einen Ausbruch von Dante's Peak? Tausend zu eins?«

»Eher zehntausend zu eins«, sagte Paul.

Terry kam in das Büro von Dreyfus geeilt, um sich einige Formulare unterzeichnen zu lassen. »Paul, ich brauche ...« Als Terry Harry sah, hielt er überrascht inne. »Was machst du denn noch hier?« Er legte die Papiere Dreyfus hin. »Scheint, als sei Urlaub für ihn ein Schimpfwort.«

»Das stimmt«, sagte Paul und lehnte sich zurück. »Harry, tut mir leid. Das hatte ich völlig vergessen. Teufel, ich werde jemand anders finden, der dorthin fährt.«

Harry stand auf und sagte schnell: »Nein, nein, ich werde fahren. Der Urlaub kann warten. Das ist wichtig.«

Paul schüttelte den Kopf und lächelte. Plötzlich war es wichtig. Das war absolut der alte Harry. Er freute sich darüber. Falls er es nicht übertrieb. Aber davon hatte Paul seit Harrys Rückkehr nichts bemerkt.

»Wohin fährst du?« sagte Terry.

Harry lächelte und wirkte erleichtert. »Dante's Peak«, sagte er.

Terrys Augen wurden vor Ungläubigkeit groß. »Dante's Peak?«

6

Harry fuhr in seinem speziell ausgerüsteten Arbeitsfahrzeug in die Berge – seinem »knallorangefarbenen« GMC Suburban mit dem runden USGS Emblem an der Tür. Er liebte sein Fahrzeug. Er war überzeugt, daß er damit durch die Hölle fahren könne und zurück. Es hatte vorn Stahlrohrrammbügel zum Schutz der vier Scheinwerfer, und fünf weitere Scheinwerfer waren auf einem Bügel auf dem Dach befestigt. Es besaß einen hochgestellten Auspuff und einen Schnorchel zum Ansaugen der Luft für den Motor bei Fahrten durch tiefes Wasser. Für unwegsames Gelände war es mit überbreiten Geländereifen ausgestattet, hatte eine um zehn Zentimeter höhere Radaufhängung mit Distanzstücken und besonderen Stoßdämpfern. Dazu eine Seilwinde und zwei Antennen für Mobiltelefon und Funk.

Er liebte es, in die Berge zu fahren, wohin auch immer, aber vor allem liebte er die Cascades, diese Bergkette, die den ganzen südöstlichen Quadranten von Washington State ausfüllte. Er wußte viel über sie, hatte sie sein Leben lang persönlich und durch Bücher studiert.

Er überlegte, was er über Dante's Peak wußte, während er begann, die anfänglich langen geraden Strecken und sanften Kurven der zweispurigen Schwarzdeckenstraße hochzufahren, die von der Küstenebene emporführte. Er passierte Suicide Creek und ein Feld mit einem großen Schild, auf dem stand: »WURMZÜCHTER GESUCHT«.

Dante's Peak hatte er nur aus der Ferne gesehen. Es war ein schneebedeckter, unberührter, friedlicher Berg, der nahe der südwestlichen Grenze des Staates Washington aufragte. Er war atemberaubend, aber mit lediglich 2 797 Metern bei weitem nicht der höchste Gipfel der Region. Mount Rainier im Norden hob sich 4 323 Meter hoch, so hoch, daß er ein eigenes Klima schuf. Und der nahegelegene Mount St. Helen's war noch gut hundert Meter höher, bis 1980, als er seine Spitze wegpustete und 394 Meter an Höhe verlor.

Harry erwog die geringen Möglichkeiten, daß Dante's Peak tatsächlich aktiv wurde, während die sanften Kurven der Straße schmaler wurden und er Lost Man Creek passierte. Die Hochwälder von Kiefern, Zedern und Hemlocktannen hoben sich urzeitlich über die ansteigende Straße. Das Warnschild »STEILHANG« tauchte regelmäßig an der Straße auf.

Harry wußte nur zu gut, daß es in den Cascades sehr häufig seismische Aktivitäten gab. Unterirdisches Rumpeln war Routine – dies waren geologisch junge und unruhige Berge. Es waren genau diese seismischen Aktivitäten der Region, welche die U. S. Geological Survey bewegt hatte, ihr Beobachtungszentrum hier, an ihrem Rande, zu stationieren.

Die Cascades bildeten insgesamt betrachtet einen Halbmond von Vulkanen, dessen Nase sich bis Kanada erstreckte und dessen Körper und Schwanz an die sechshundert Meilen durch Oregon hindurch bis nach Nordkalifornien reichten. Sie waren auf die gleiche Art wie die Anden entstanden, durch Subduktionsaktivität der Krustenplatten. Und gleichermaßen setzte sich die vor Äonen begonnene Aktivität bis heute fort.

Aber aus neuerer Zeit gab es keine Berichte darüber, daß Dante's Peak gedonnert oder sich vergrößert habe oder von Minibeben erschüttert worden sei, von Eruptionen ganz zu schweigen.

Der nur 33 Meilen entfernte Mount St. Helen's war fraglos spektakulär eruptiert. Aber er lag nicht auf derselben Bruchlinie und wurde auch nicht als Teil des gleichen unterirdischen Magmaröhrensystems betrachtet. Der einzige Weg, wie Wissenschaftler etwas über Dante's längst vergangene Aktivitäten erfahren konnten – die auf die Zeit vor der Ankunft des Menschen datierte –, waren Radiokarbonuntersuchungen von Holz und Ascheablagerungen, die in dem Gebiet begraben waren. Aber es hatte keinen Grund gegeben – bei diesem schlafenden Gipfel, der einer von vielen war –, sich diese Mühe zu machen.

Die Stadt Dante's Peak mit ihren 7437 Einwohnern schmiegte sich an den Fuß des Berges.

Sie war ein Juwel von Kleinstadt in einer der wundervollsten Landschaften, die es im Kontinentalbereich der Vereinigten Staaten von Amerika gab. Hügel, von Tannen und Fichten bewachsen, ragten zu allen Seiten auf, vor der Kulisse der majestätischen schneebedeckten Gipfel, die weiter entfernt lagen – sie alle gekrönt von hohen, weißen aufgeblähten Wolken in einer Luft, die so kristallklar war, daß man meinen mochte, das Auto sei nie erfunden worden.

Ein Jahrmarkt fand statt, als Harry mit seinem Suburban in die Stadt fuhr. »Dante's Peak Pioniertag Festival« verkündete ein Transparent über der Hauptstraße.

Die meisten Einheimischen wie auch viele Bewohner benachbarter Städte waren gekommen. Karussells, darunter auch ein größeres Riesenrad, belebten den Stadtplatz. Die Marschkapelle der Schule kam die Main Street hoch und pumpte patriotische Energie in die Popcorn essende, Ballons haltende Menge.

Harry zuckelte um die Parade herum, fuhr langsam eine Parallelstraße hinunter und genoß das rustikale Ambiente des Ortes. Der größte Teil der ursprünglichen Persönlichkeit dieser Bergbau-und-Holzfäller-Stadt aus dem 19. Jahrhundert war erhalten geblieben oder restauriert worden. Zweigeschossige Holzhäuser mit Ladenfronten im westlichen Stil dominierten. Junkfood-Restaurants gab es kaum oder blieben unauffällig.

Harry fuhr herum, bis er seinen ersten Bestimmungsort fand, »Cluster's Last Stand« – ein Motel im Blockhausstil, unmittelbar hinter der Brücke am Ende der Stadt gelegen. Er fuhr hinein, stieg aus und machte einen Spaziergang, um sich die Festlichkeiten anzusehen und das atemberaubende Panorama der Stadt mit den immergrünen Wäldern, die direkt ans Ende der Zivilisation reichten.

Er sah weitere Banner und Ballons, Cowboyhüte und Kreissägen aus Stroh, ein Kaleidoskop an farbenprächtiger Kleidung von kühn karierten Holzfällerhemden zu Fahrradhosen und Hoedown-Kleidern im Pionierstil. Die diensthabenden Deputys des Sheriffs trugen tatsächlich weiße Hüte.

Auf einem Schild vor Marcy's Café & Tankstelle stand »EAT HERE, GET GAS«. Harry gefiel der Ort sofort – eine Spur Humor neben dem Gefühl, daß dies eine Stadt war, an der den Menschen lag und die sie in Schuß hielten. Hier war eine Gemeinschaft.

Er begab sich zurück zum Hotel, um sich an die Arbeit zu machen.

Er trat in das Büro und sah sich um: gerahmte Ölgemälde von Jagdhunden und buckelnden Wildpferden und Berglandschaften. Ein Ständer mit Prospekten über Sehenswürdigkeiten. Und der Besitzer, in kariertem Hemd und mit Hosenträgern, Halbbrille, kahl werdend, leichtes Stirnrunzeln – Warren Cluster. Cluster, der ein Leben lang Bewohner der Stadt war, sah aus wie ein schlanker Zedernbaum, von dessen Rinde sich nichts geglättet hatte. Auf die Sechzig zugehend, auf seine Weise gelassen, hatte er fast für jeden ein aggressives Wort. Er zog Harrys Kreditkarte durch den Apparat und schob Harry das altmodische, in Leder gebundene Gästebuch mit einem Grunzen zu.

Harry trug sich ein, und Cluster reichte ihm einen Schlüssel. »Zimmer 8«, sagte er mit einem finsteren Blick. »Dort an der Ecke.«

»Können Sie mir sagen, wo ich Bürgermeister Wando finde?« fragte Harry in der Hoffnung, diesen schlecht gelaunten Gebirgsbewohner nicht zu verärgern.

»Ja«, sagte Cluster und zeigte zum ersten Mal eine Spur von Lebhaftigkeit. »Sie müßte direkt hinter der Ecke da sein und den Preis des Money Magazine entgegennehmen.« Er richtete sich auf und fuhr fast stolz fort: »Dante's Peak wurde nämlich zu der Stadt mit unter 20 000 Einwohnern in den Vereinigten Staaten gewählt, in der man am zweitliebsten wohnt.«

Harry, ganz der forschende Wissenschaftler, stellte die absolut falsche Frage: »Und welche ist auf Platz eins?«

»Weiß ich nicht«, sagte Cluster verärgert. »So ein Scheißkaff irgendwo in Montana – interessiert keinen.«

Harry bedauerte, gefragt zu haben. Er nahm seinen Schlüssel und ging, um seine Sachen in seiner Hütte zu verstauen. Er beschloß, Begeisterung für diese Stadt zu zeigen, wenn er das nächste Mal mit einem Einheimischen sprach.

7

Rachel Wando war spät dran. Nicht gerade eine »Stoppt die Presse«-Situation. Sie hatte zu viele Dinge zu tun, mußte an zu vielen Orten gleichzeitig sein, zu vielen Menschen gefallen. Wie es bei alleinerziehenden Eltern oft der Fall ist.

Sie schoß in ihrem oben liegenden Schlafzimmer herum – halb bekleidet mit einem hübschen Kostüm, hochhackigen Schuhen und Perlenohrringen – und suchte hektisch nach etwas, während sie sich beeilte, fertig zu werden.

Rachel war Mitte Dreißig und sich überhaupt nicht bewußt, wie hübsch sie war. Herrliche Figur, ein markantes, schönes Gesicht, ausdrucksvolle Augen, die, abhängig von der jeweiligen Situation, verträumt humorvoll oder aufgebracht sprühend sein konnten. Sie trug ihr wuscheliges helles, aschbraunes Haar schulterlang und strich es ständig wie einen Mop aus den Augen. Sie verbrachte wenig Zeit damit, sich über ihr Äußeres Sorgen zu machen. Sie sah, wie sie vermutete, in jeder Hinsicht gewöhnlich aus, und hätte sich wie alle anderen in diesem Augenblick in Jeans und einem Flanellhemd erheblich wohler gefühlt.

Sie murmelte vor sich hin, übte eine Rede, während sie in ihrem vollgestopften Zimmer/Büro noch immer nach etwas suchte. »Meine Damen und Herren«, intonierte sie. »Ich möchte Karen vom Money Magazine danken für ...« Sie hielt inne und seufzte verärgert. »Wie denn nun? ›Karen‹ oder ›Kathy‹?«

Rachels zehnjährige Tochter Lauren folgte ihrer Mutter und las ihr von einer Kopie des Textes vor, den sie in ihren Händen hielt. Lauren war eine schöne, kleinere, dunkeläugige Ausgabe ihrer Mutter. »Sie heißt Karen, Mom«, sagte sie. »Karen. Zum zehnten Mal, Karen. Und du wirst zu spät kommen.«

»Hast du meine gute Jacke gesehen?« sagte Rachel schließlich. Sie haßte es, vor einem ihrer Kinder, die sie ständig zur Ordnung anhielt, zuzugeben, daß sie so schlecht organisiert war.

»Du hast keine gute Jacke«, sagte Lauren.

»Die blaue«, sagte Rachel mit einem Blick, der bedeutete »nerv mich nicht«.

»Sie hängt über dem Küchenstuhl«, sagte Lauren. »Beeil dich, Mom.«

Rachel stürmte die Treppe hinunter, unmittelbar gefolgt von Lauren. Sie rannte in die Küche, ergriff die Jacke, zog sie an und eilte über den Korridor zum Schlafzimmer ihres Sohnes. Sie klopfte an die Tür.

»Graham«, rief sie, »Zeit zu gehen.«

Von drinnen keine Reaktion. Rachel riß die Tür zu einem typischen Teenagerzimmer auf. An der Wand Bilder von Kurt Cobain, ein Smashing-Pumpkins-Poster. Einen Teenager indes gab es da nicht.

»Wo ist dein Bruder?« fragte Rachel.

»Er sagte, er würde uns da treffen«, sagte Lauren. »Laß uns gehen. Du kommst zu spät.« Sie nahm ihre Mutter bei der Hand und zog sie aus der Eingangstür.

Sie eilten aus dem Haus und stiegen in Rachels Landcruiser. Der blaßblaue Wagen fuhr quietschend die Straße hinunter, bog auf die Hauptstraße ab, dann auf die Brücke und jagte weiter in das Geschäftsviertel.

Eines der ersten Geschäfte, die sie passierten, war das Blue Moon Café an der Ecke. Hier arbeitete Rachel. Im Fenster hing das Schild »GESCHLOSSEN«.

Die meisten anderen Läden waren ebenfalls geschlossen, und auf dem Bürgersteig waren nur wenige Menschen. Fast alle befanden sich bereits dort, wo Rachel sein sollte. Es war eine Stadt mit großem Bürgerstolz, der teilweise Rachels Bemühungen in den acht Jahren, die sie Bürgermeisterin war, zu verdanken war.

Sie fuhr die Straße hinunter, bog auf die Chelan Straße ab und suchte vor der Dante's Peak Highschool nach einem Parkplatz.

Nichts frei. Zum Teufel, dachte sie, ich bin die Bürgermeisterin. Sie parkte ihren Landcruiser in der zweiten Reihe, blockierte damit ein anderes Fahrzeug und eilte mit Lauren zu der Menge, die sich auf dem Schulhof versammelt hatte.

Am anderen Ende des Schulhofes schmetterte die Highschool-Kapelle ihr Saxophon- und Kampflieder-Repertoire.

Oben auf dem Podium reckte Les Worrell, Vertreter der Geschäftsleute, der kahlköpfige Haushaltswarengeschäftsbesitzer mit der Kartoffelnase, seinen Hals und hielt Ausschau nach der säumigen Bürgermeisterin.

Einige Bürger in altmodischen Kostümen aus der Pionierzeit schmückten die Bühne mit ihrer Anwesenheit. Da war ein Prediger mit schwarzem Hut, eine beschürzte Pionierfrau, Schulmädchen mit Zöpfen und weißen Handschuhen, ein typischer Geschäftsmann von der Grenze mit wallendem Buffalo-Bill-Haar. Sie alle standen pflichtbewußt wartend und wechselten Bemerkungen mit der Menge.

Harry war ebenfalls dort, stand ganz vorne im Publikum und schaute ebenso gelangweilt und ungeduldig drein wie Les und alle anderen.

Alle bis auf eine.

Nahe der Bühne neben Les sitzend und eine Medaille haltend, war Karen Narlington vom San-Francisco-Büro des Money Magazine. Sie war eine attraktive, etwas spröde Blondine im Kostüm, das Haar zu einem schicken Chignon hochgesteckt und Anfang bis Mitte Dreißig. Jetzt war sie entspannt, lächelte gelassen und schaute sich um, durch die Verzögerung völlig unbeeindruckt.

Schließlich war ja die gelassene Lebensweise einer der Gründe dafür, warum Dante's Peak heute diese Auszeichnung erhielt. Um die Wahrheit zu sagen, stellte Ms. Narlington sich vor, im Großmutterkleid und mit Birkenstocks Brot in ihrem eigenen Laden dort unten an der Main Street zu backen. Das köstliche Aroma würde Kunden und Nachbarn von der Straße hereinbringen. Sie würde jeden kennen. Nach und nach würden all diese strammen, begehrten, stämmigen jungen Männer den Weg zu ihrer Türe finden und sie würde ihre Wahl treffen können ...

Les stieß einen erleichterten Seufzer aus, als Rachel und Lauren ins Blickfeld kamen. »Ist aber auch Zeit«, sagte er halblaut. Er gab dem Kapellmeister ein Zeichen, worauf der die vierte Wiederholung des Schlachtliedes der Schule beendete.

Karen wurde aus ihren Gedanken gerissen und setzte ihr strahlendes Lächeln auf, während Les an das Mikrofon trat und die Feierlichkeiten eröffnete.

»Meine Damen und Herren«, sagte er, »ich möchte die Bürgermeisterin von Dante's Peak willkommen heißen, Rachel Wando.«

Applaus brandete auf, als Rachel auf die Bühne eilte, dabei ihre Jacke glättete und versuchte, würdig zu wirken.

Harry hob die Brauen. Bürgermeisterin Wando war nicht, was er erwartet hatte.

»Heute ist ein ganz besonderer Tag für Dante's Peak«, fuhr Les fort, »und um die Sache kurz zu machen, möchte ich Karen Narlington vom Money Magazine vorstellen.«

Karen trat mit ihrer Medaille vor und zeigte lächelnd strahlend weiße Zähne. Ihre Designerkleidung – ihr purer städtischer Chic – fiel in dieser rustikalen Kulisse auf. Sie war umwerfend. Alle Bewohnerinnen der Stadt starrten voller Neid auf sie.

Aber das bemerkte Harry nicht. Er hatte nur Augen für diese interessant aussehende Bürgermeisterin, die jetzt Karen auf das Podium folgte. Dann faßte er sich und schüttelte in gelinder Überraschung den Kopf. Er achtete nicht auf Frauen. Seit Marianne nicht mehr.

»Vielen herzlichen Dank, Les«, sagte Karen. »Bürgermeisterin Wando, es ist mir eine große Ehre, Ihnen eine Money-Magazine-Auszeichnung zu überreichen. Dante's Peak – die Stadt mit unter 20 000 Einwohnern in den Vereinigten Staaten, in der man am zweitliebsten wohnt.«

Die stolze Bürgerschaft applaudierte und jubelte. Rachel trat an das Mikrofon und suchte rasch in ihren Taschen nach etwas – nach ihrer Rede. Die war verschwunden. Sie lächelte in die Menge und improvisierte.

»Vielen Dank, Ka...« Sie hielt inne, da sie sich wegen des Namens unsicher war. Dann sprach sie weiter: »Vielen Dank, Kathy«, sagte sie zuversichtlich.

Lauren, die nur wenige Schritte rechts von Harry entfernt stand, rief: »Das ist Karen.«

Die gesamte Menge brach in Gelächter aus, Harry eingeschlossen.

Rachel verbarg ihre Verlegenheit hinter einem mutigen Lächeln und fuhr fort: »Diese Auszeichnung bedeutet für uns eine Menge«, sagte sie. »Wir sind immer sehr stolz auf unsere Stadt gewesen. Es ist ein wunderschöner, sicherer und herrlicher Ort für eine Familie. Und jetzt mit –«

Jubelrufe und Applaus unterbrachen sie. Sie hielt inne und ließ die Stadt frohlocken.

»Und jetzt mit der Aussicht auf eine wichtige Investition in unsere wirtschaftliche Zukunft durch Elliot Blair von Blair Industries ...« Sie hielt inne und machte eine Geste. »Mr. Blair, würden Sie bitte aufstehen.«

Ein junger Mann in Kaschmirblazer und Hose erhob sich von seinem Platz auf der Bühne und hob eine Hand, um den Applaus der Stadt entgegenzunehmen. Der gutaussehende, vermögend wirkende Elliot Blair. Les strahlte ihn an. Auch Rachel applaudierte.

»Im nächsten Jahr«, sagte sie, nachdem der Applaus sich gelegt hatte, »werden wir die Nummer eins sein.«

Die glückliche, hoffnungsvolle Menge reagierte mit überwältigend begeistertem Geschrei und Händeklatschen.

8

Die Landschaft stieg hinter der Stadt in Richtung auf den Berg erst allmählich, dann steil an. Mehrere Landstraßen mit Schwarzdecke führten in das schroffe, bewaldete Hinterland. Einige Leute lebten dort auf den Höhen, aber nicht viele. Forstranger patrouillierten in dem Gebiet regelmäßig bei Tageslicht. Ernsthafte Wanderer fuhren dort hinauf, zu den Wanderwegen am Fuße des Berges.

Junge Leute, die Biertrinken, Sex und Nacktbaden im Sinn hatten, kannten den Berghang gut. Es war ein Übergangsritus, all die verborgenen Abzweigungen, Fahrwege und zugewachsenen Feuerstraßen zu kennen und zu erkunden, die zu den unzähligen Strömen und kleinen Seen an den Flanken und Senken des Gipfels führten. Es waren wundervoll abgeschiedene, waldige Flecken – Flecken, die für sie immer in ihrer Erinnerung weiterleben würden als Kulisse für erste Liebe und verbotene Freuden.

Ein Platz für Stelldicheine und Nacktbaden, der bestimmte Einheimische anlockte, war doppelt attraktiv, weil er offiziell verboten war. Er hieß Twonset Hot Springs. »BADEN VERBOTEN« stand auf dem Schild am Wasserrand.

Aber seine moosigen, farnbewachsenen Ufer und die weit hinausragenden, dichtbelaubten Äste von großblättrigem Ahorn und Rotzedern waren zu verlockend. An kühlen Sommerabenden, wenn das blubbernde Wasser und der aus dem See aufsteigende Dampf sinnliche Zuflucht vor der Kühle der Luft bot, war es unmöglich, zu widerstehen.

Manche Einheimische gingen sogar in der Hitze des Tages dorthin. Und manche Flachlandbewohner – Touristen – stießen zufällig darauf, glaubten, daß ein kurzes Bad nicht schaden könne und wahrscheinlich gesund sein würde. Sie hatten fast immer recht.

An diesem Nachmittag, während Rachel dabei war, den Stadtbewohnern zu erklären, wie glücklich sie sich schätzen könnten, in Eden zu wohnen, verunstaltete ein T-Shirt das Schild »BADEN VERBOTEN« in Twonset Hot Springs, und ringsum lagen weitere Kleidungsstücke.

Ein junger Mann und eine junge Frau, Besucher in der Gegend, waren im Begriff, das Verbot zu mißachten.

Der junge Mann hatte die Aufschrift als Herausforderung betrachtet, gelächelt und seine Kleidung abgelegt. Er warf sie zu dem Schild. Seine Freundin, Mitte Zwanzig, streifte lachend ihr Mini-T-Shirt, den BH und die Shorts ab und war nur einen Schritt hinter ihm, als er sich dem dampfenden Wasser näherte.

Der Mann stieg nackt in das heiße Wasser und watete hinaus. Einen Augenblick später tauchte die Frau einen Zeh hinein, um ihm zu folgen.

»Au!« sagte sie. »Das ist wirklich heiß.«

»Hmm«, sagte der Mann, »glaubst du, daß es vielleicht deshalb Twonset Hot Springs genannt wird?«

Sie watete hinein und bespritzte ihn. Er bespritzte sie. Sie ließen sich in das dampfende Wasser sinken und entspannten sich, genossen das Bild. Der Mann füllte seine Lungen mit klarer frischer Luft.

»Ist das nicht riesig?« sagte er, als er zwei Eichelhäher entdeckte, die geräuschvoll in einer der Zedern zankten. Über ihnen segelten gemächlich zwei Rotschwanzfalken, hielten auf den Bergwiesen nach einer Mahlzeit Ausschau – nach Kaninchen, Nutria, Waldratten oder Erdhörnchen.

»Da kommt Los Angeles wirklich nicht mit«, sagte die Frau. Sie keuchte und zeigte in eine Richtung: ein weißschwänziger Hirsch stand wie eine Statue am Waldrand und schaute sie an. Er nahm Witterung, verschwand blitzschnell wieder wie ein Geist. Eine Art Vorbote.

»Vielleicht sollten wir hierher ziehen«, sagte der Mann. Er war schlank und muskulös. Er sah aus, als könne er sich an das Leben im Gebirge gewöhnen.

»Ich würde in einer Woche verrückt werden«, sagte die Frau mit einem Lachen.

Ein lautes Platschen hinter ihnen. Dann ein Rascheln in den Büschen. Sie schauten sich um und sahen nichts. Sie schwiegen beide für einen Augenblick und lauschten.

»Ist in Ordnung«, sagte der Mann. »Irgendein Tier.«

Aber es klang nicht so, als ob er sich dessen ganz sicher sei. Welches Tier oder welcher Vogel würde sich in solches Wasser stürzen? Es war weder trinkbar, noch gab es darin Beute. Er versuchte, zu beschwichtigen und lächelte. »Komm her, Schätzchen«, sagte er und streckte eine Hand aus.

Sie stand auf und begann durch den blubbernden See auf ihn zuzugehen.

Ein lautes krachendes Geräusch.

Der Boden rings um sie zitterte.

Die Frau schaute den Mann erschreckt an. »Jerry –«, sagte sie mit zitternder Stimme.

Während sie sprach, stieg ein Schwarm gefleckter Eulen aus ihrem Tagesschlafquartier in der mächtigen alten Fichte. Schwarzweiße Elstern hoben sich geräuschvoll aus den Büschen, die den See säumten. Der Mann und die Frau drehten sich zu den Vögeln um. An der anderen Seite des Sees fiel Geröll herab. Der Boden bebte stärker.

Verängstigt bewegte sich die Frau schneller auf den Mann zu. Dann schrie sie auf!

Unter ihren Füßen bewegten sich die Felsen am Grund der heißen Quellen. Große Blasen stiegen rings um die Frau auf und Dampf umfing sie zischend. Sie schrie voller Schmerz auf. »O mein Gott, ist das heiß!«

Sie schrie wieder, und der Schrei hallte den Berg hinunter.

9

An der Dante's Peak Highschool kam Rachel zum Ende ihrer Rede. Sie dankte Karen und dem Money Magazine nochmals und beendete damit die Feierlichkeit. Die fröhliche Menge applaudierte ein letztes Mal.

Rachel folgte den anderen Persönlichkeiten der Stadt vom Podium. Sie bewegte sich durch die Menge zu ihrer Tochter und sah sich von Angesicht zu Angesicht einem dunkeläugigen Fremden gegenüber, der ungeduldig darauf gewartet hatte, sie kennenzulernen.

»Hi, ich bin Harry Dalton«, sagte er und streckte eine Hand aus. »Von der U. S. Geological Survey, und …«

Er wurde von Les Worrell und Blair unterbrochen, die beide strahlend auf Rachel zustürmten.

»Wundervolle Rede, Rachel«, sagte Les. »Wirklich anregend, richtig, Elliot?«

Rachel begriff plötzlich, wer dieser Harry war. Keine gute Kombination, erkannte sie augenblicklich, dieser Vulkanbursche von der Geological Survey und der potentielle Investor. Was hatte ein Vulkanwissenschaftler in der Stadt des Landes mit unter 20 000 Einwohnern, in der man am liebsten wohnt, zu suchen? Aber sie mußte höflich sein.

»Sie können wirklich mit Worten umgehen«, sagte Blair mit einem warmen Lächeln zu ihr, und er hielt ihre Hand lange fest. Er war ein junger Ellenbogenmensch, voller Selbstvertrauen und so glatt wie ein Seehund.

»Das ist sehr freundlich von Ihnen, Mr. Blair«, sagte Rachel mit ihrem höflichsten Lächeln, »und ich …«

Harry hatte lange genug herumgetrödelt. Er wollte vorankommen. Er trat zwischen die drei. »Äh … verzeihen Sie, Bürgermeisterin Wando, meine Herren«, sagte er.

»Und Sie sind?« sagte Blair.

»Ich bin Harry Dalton«, sagte er kategorisch, »aus …«

Rachel platzte schnell dazwischen. »Aus Portland. Richtig? Ihr Boß, Mr. Driscoll …«

»Er heißt Dreyfus«, sagte Harry.

»Richtig«, nickte Rachel. »Er sagte mir, daß Sie kommen würden – bat mich, Sie herumzuführen.« Sie wandte sich an Les und Blair. »Wiedersehen.«

Rachel nahm Harrys Arm und zog ihn fort.

Lauren holte sie ein und musterte diesen Burschen, den ihre Mutter wegführte. »Gute Arbeit, Mom«, sagte sie und musterte Harry skeptisch.

»Wo ist dein Bruder?« fragte Rachel. Sie ließ Harrys Arm los und strich Lauren das Haar aus dem Gesicht.

Lauren zögerte kurz, schaute ein wenig schuldbewußt drein. »Ich weiß nicht, Mom«, sagte sie. Das war zumindest eine Notlüge.

»Egal«, sagte Rachel verärgert. »Ich weiß, wo er ist.«

Rachel nahm Laurens Hand und zog sie mit sich zu dem Landcruiser. Harry folgte. Er wurde jetzt langsam ein bißchen gereizt.

Sie erreichten Rachels Landcruiser, wo Mr. Gunn, der Besitzer des Wagens, den Rachel durch ihr Parken blockiert hatte, wütend wartete.

»Das ist nicht der Weg, um wiedergewählt zu werden, Bürgermeisterin Wando«, knurrte Mr. Gunn sarkastisch.

»Entschuldigen Sie, Mr. Gunn«, sagte Rachel, die nach ihren Schlüsseln suchte. Sie ließ sie fallen, hob sie auf, schloß die Türen auf und schob Lauren eilig auf den Rücksitz. Sie wandte sich an Harry. »Steigen Sie ein«, sagte sie mit einem breiten Lächeln. »Ich muß unterwegs mal anhalten.«

Harry staunte darüber, wie diese Frau es schaffte, Menschen selbst zu bezaubern, wenn sie herumkramte und trödelte.

Sie stiegen in den Landcruiser.

Sie fuhren durch die Stadt und bogen sofort auf eine Landstraße ab, die zum Hinterland führte. Rachel plauderte mit beträchtlicher Begeisterung über die Pläne, die Elliot Blair für die Region hatte. Anfangen wollte er mit einer Kombination von Skihotel und Sommertagungshotel an den unteren westlichen Hängen von Dante's Peak. Die Arbeitsplätze, die durch das Hotel geschaffen werden würden, wurden dringend benötigt als Ersatz für die, welche durch die rückläufige Bergbau- und Holzindustrie verlorengingen. Rachel erzählte munter weiter, daß sie besonders dankbar dafür sei, daß Blair gleichermaßen Unternehmer und Umweltschützer sei – daß er weit mehr Zeit damit verbracht habe, über den Erhalt der landschaftlichen Schönheiten der Gegend zu sprechen, als davon, Geld zu verdienen.

Harry, der es leid war, dieses Gerede über den heiligen Geschäftsmann zu hören, unterbrach sie. »Wohin fahren wir?« Er konnte nicht verhindern, daß seine Stimme etwas gereizt klang.

»Wir sind da«, sagte Rachel und setzte ihr freundlichstes Lächeln auf. Sie bog von der Landstraße ab auf einen Fahrweg, der zu hohen Fichten führte. Unvermittelt gelangten sie zu einer verlassenen Silbermine, die an einem Berghang lag. Rachel hielt direkt vor dem verrosteten Metalltor.

Große rotweiße Schilder verkündeten »DURCHGANG VERBOTEN« und »BETRETEN VERBOTEN«.

In den mit einem Tor versperrten Mineneingang hinter dem eingestürtzten Maschendrahtzaun war offenkundig eingebrochen worden. Das Blech war an einer Ecke hochgebogen, so daß man hineinkriechen konnte.

Rachel war verärgert. Sie schlug auf die Hupe. Sie warteten. Wieder: »TUUUUT!«

»Haben Sie Kinder?« sagte Lauren beiläufig zu Harry.

»Äh, nein, habe ich nicht«, sagte er zerstreut. Er hatte eine Aufgabe zu erfüllen. Schließlich war er nicht zu seinem Vergnügen hier.

»Da können Sie von Glück sagen«, meinte Lauren mit glänzendem Unschuldsblick. »Richtig, Mom?«

Rachel lächelte. »An manchen Tagen könnt ihr Kinder wirklich toll sein«, sagte sie. Sie starrte ungeduldig auf den Mineneingang. Noch keine Bewegung in der Mine. Ihr Lächeln verflog. Sie stieg aus dem Wagen.

»An manchen Tagen ...« murmelte sie und trat an den Zaun. Sie stieg über ihn und ging um einen Haufen Minenabraum herum zu der Blechtür. Sie bückte sich zu der Öffnung und rief: »Graham ... Graham! –«

Noch immer keine Antwort.

Lauren schaute aus dem Wagen unbehaglich zu. »Mein Bruder Graham steckt in großen Schwierigkeiten«, sagte sie zu Harry.

»Wirklich?« sagte Harry. Ihm gefiel das Mädchen mit der Sorge um seinen Bruder und seiner Loyalität zu ihm.

Aus der Mine kamen drei vierzehnjährige Jungen, Graham und zwei seiner Freunde, Tom und Mark. Graham war ein schlankes Kind mit großen dunklen Augen, denen wenig entging. Er trug weite Jeans und ein kariertes Flanellhemd wie seine Kameraden. Sie waren alle mit Minenstaub bedeckt.

Rachel war wütend. »Ihr zwei geht nach Hause«, sagte sie zu Tom und Mark. »Und du –«, sagte sie zu Graham, »– steigst in den Wagen.«

Die beiden Jungen rannten davon. Graham blieb einen Moment stehen. Mit vierzehn war Graham halb Mann und halb Knabe und fühlte sich unwohl, weil er keines von beiden war. Rachel stieß ihn auf den Wagen zu. Er bewegte sich, ohne sie anzusehen. Er warf Harry einen Blick zu – »Wer, zum Teufel, sind Sie?« –, während er in den Wagen stieg.

Rachel klemmte sich hinter das Steuer und wendete den Wagen. »Ich weiß nicht, was mit dir los ist«, sagte sie, während sie den holpernden Wagen über den Fahrweg zurück zur Straße steuerte.

»Können wir darüber ein anderes Mal reden?« sagte Graham mit gelangweilter Teenagerstimme.

Rachel lenkte den Wagen auf die Schotterstraße, die zur Stadt führte, und verdrehte die Augen. Wie viele Male mußte sie diesen Vortrag noch halten? »Die Mine ist gefährlich«, sagte sie und versuchte dabei ruhig zu bleiben. »Darum ist der Zutritt verboten. Mütter sind dazu da, ihre Kinder davor zu bewahren, daß ihnen etwas zustößt. Gott weiß, warum.«

Graham warf, durch seine Mutter in Verlegenheit gebracht, Harry einen Blick von der Seite zu. Harry grinste ihn darauf verschwörerisch an. Es schien zu helfen.

10

An einer der drei Ampeln der Stadt lehnte sich Rachel aus dem Fenster des Landcruiser und sprach eine blonde Frau mittleren Alters an, die sie auf der Straße sah – Dr. Jane Fox.

»Dr. Fox«, sagte sie, »wie ich höre, war Mrs. Mackey krank.«

»Nur eine kleine Erkältung«, sagte Dr. Fox. Dann, als sie aufmerksamer in den Wagen schaute, sah sie den fremden Mann. »Wie geht es Ihnen, Rachel?« fragte sie betont.

Rachel bemerkte Dr. Fox' Interesse und reagierte schnell, um falschen Eindrücken vorzubeugen. »Dies ist Dr. Dalton von der United States Geological Survey«, sagte sie.

»Wie geht's denn so?« rief Harry mit einem höflichen unechten Lächeln.

Dr. Fox musterte Harry, offensichtlich nicht davon überzeugt, daß dies etwas völlig Offizielles war. Sie öffnete ihren Mund, um weiter zu forschen, doch die Ampel sprang auf Grün. Rachel fuhr eilig los.

Dr. Fox schaute ihr nach.

Rachel war die begehrteste alleinstehende Frau in Dante's Peak nach Dr. Fox' Meinung, ungeachtet der Tatsache, daß sie Mutter war. Sie hatte mehrere Jahre versucht, sie mit dem richtigen Mann zusammenzubringen. Sie war sogar so weit gegangen, den Sohn eines ehemaligen Arztkollegen, einen Börsenmakler aus Seattle, auf ein Wochenende zum Besuch einzuladen. Es sah vielversprechend aus – zumindest genoß Rachel das Abendessen und unterhielt sich angeregt mit ihm in Dr. Fox' Haus. Dann gingen sie nach dem Essen hinaus auf die Veranda, und der Mann begann zu niesen. Er war allergisch gegen das Öl in Kiefernnadeln, wie sich herausstellte. Er reiste noch am selben Abend ab.

Mehrere andere Freunde hatten Verabredungen eingefädelt, die Rachel alle pflichtbewußt ertragen hatte. Einer war ein Reinlichkeitsfanatiker, der angesichts des Zustandes von Rachels Haus erschauerte und ihr anbot, die Böden ihrer Kupfertöpfe zu polieren. Zwei weitere Männer waren so von ihren eigenen Bedürfnissen besessen, daß nach zehn Minuten klar war, daß sie nach Müttern suchten.

Das letzte Mal, als sie mit einem Unbekannten ausgegangen war, schien der ein netter Kerl zu sein – ein freiberuflicher Buchherausgeber –, aber er konnte ihr absolut nicht in die Augen schauen. Vorsicht, was hatte er zu verbergen?

Danach lehnte Rachel freundlich, aber entschlossen alle Angebote für Verabredungen ab und ließ wissen, daß sie nicht zu haben sei.

Aber Dr. Fox hatte dennoch nicht aufgegeben. Rachel war zu klug und attraktiv und voller Liebe, um den Rest ihres Lebens ohne einen guten Mann zu verbringen. Auf einem Flug von Los Angeles hatte Dr. Fox einen Profigolfspieler namens Peter Lantana kennengelernt. Er wartete gerade auf seine Scheidung. Sie hatte ihn eingeladen, ein paar Tage hier zu verbringen, sobald die Golfsaison in diesem Herbst vorbei war. Rachel hatte sie davon noch nichts erzählt.

11

Endlich waren sie auf dem Weg bergaufwärts. Rachel lenkte den Landcruiser zuversichtlich um die Kurven der zweispurigen Straße. Harry saß neben ihr. Graham und Lauren auf dem Rücksitz. Niemand sprach.

Graham schaute aus dem Fenster und kramte gleichzeitig in seiner Hosentasche. Er nahm einen Quarzkristall heraus, den er in der Mine gefunden hatte, und hielt ihn vor das Fenster. Das Sonnenlicht reflektierte alle Farben des Spektrums.

»Sieht aus wie ein Regenbogen«, sagte Lauren.

»Kann ich mal einen Blick drauf werfen?« fragte Harry.

Graham reichte ihn Harry.

Harry drehte ihn und musterte ihn. »Das ist ein Rauchquarzkristall«, sagte er. »Man kann sehen, daß die Kieselerde etwas Gas eingeschlossen hat. Darum sieht er so rauchig aus.« Er reichte Graham den Kristall zurück.

»Kennen Sie sich mit dem Zeug aus?« fragte Lauren interessiert. Naturwissenschaft war ihr Lieblingskurs auf der Schule.

»Dr. Dalton ist Geologe«, sagte Rachel.

»Vulkanologe eigentlich«, sagte Harry.

Lauren zögerte. »Sie meinen, wie Dr. Spock?« fragte sie.

»Es heißt Mr. Spock«, erklärte Graham mit der ganzen Herablassung, zu der ein Vierzehnjähriger fähig ist.

Harry lachte.

»He, Mom«, sagte Graham. »Setz mich bei Großmutter ab.«

»Ja! Mich auch«, sagte Lauren aufgeregt.

»Du kommst nicht mit«, höhnte Graham.

»Ich kann tun, was ich will«, widersprach Lauren.

Ein Streit brach zwischen den beiden aus – Schubsen und Schreien.

Das reichte Rachel. Scharf sagte sie: »Hört auf zu raufen! Keiner geht.«

Ihr scharfer Ton lenkte die Aufmerksamkeit der Kinder auf sie. Auch die Harrys. Hart, dachte der. Hat das Sagen.

»Ich habe Dr. Dalton lange genug warten lassen«, sagte sie.

»Oh, bitte, ja?« bettelte Lauren süß und gewinnend. Sie hatte das Bitten zu einer Kunst entwickelt. Harry lächelte, sah Rachel an. »Mich stört's wirklich nicht, wenn Sie sie beim Haus Ihrer Mutter absetzen wollen.«

»Haus Ihrer Mutter ...« Die Kinder kicherten dabei. Harry verstand nicht, warum, aber er sah, daß es Rachel in Rage brachte.

»Sie ist nicht meine Mutter. Sie ist meine Schwiegermutter«, sagte Rachel und strich sich verärgert das Haar aus den Augen. »Genauer, Exschwiegermutter.«

Puh, dachte Harry. Gefährliche seismische Aktivität.

12

Mirror Lake war ein hochgelegener, unberührter Bergsee, der in der Nachmittagssonne schimmerte. Auf einer Flanke von Dante's Peak in halber Höhe gelegen, wurde er von mehreren Bächen gespeist, die wiederum vom Schmelzwasser der Eiskappe gespeist wurden, die das ganze Jahr auf dem Gipfel lag.

Harry bewunderte die nahezu perfekte Kegelform des schlafenden Vulkans aus dem Wagen, als Rachel von der zweispurigen Straße auf einen langen Fahrweg abbog.

Dante's Peak war ein landschaftliches Wunder, so wie die Werbung es verhieß. Harry wußte, daß er ganzjährig ein Lieblingsziel für Wanderer, Bergsteiger, Schneeschuhläufer und Skilangläufer sein mußte, die ihn schlafende Schönheit nannten. Hirsche und Elche ästen an seinen unteren Hängen und teilten die alpinen Weiden mit Schwarzbären und Waldhuhn und Schneehuhn. Weiter oben patrouillierten Weißkopfadler, und Bergziegen versuchten über den Jagdrevieren von Pumas und Grauwölfen zu bleiben.

Rachels Wagen rollte die unbefestigte Straße hinunter und erreichte ein Ufer des Sees. Es war ein geradezu schmerzhaft schöner Fleck mit den hoch schwebenden Wolken und dem großartigen, schneebedeckten Gipfel, der sich im glasklaren Wasser widerspiegelte.

Rachel fuhr zu einem kleinen Blockhaus, das an einer kleinen Bucht lag, wo die umgebenden Wälder bis zum Ufer des Sees reichten.

Auf dem anderen Ufer des Sees reihten sich an dem steilen Berghang die jungfräulichen Fichten, Douglastannen und Hemlocktannen, durchsetzt von scharfen Schluchten und Feuerschneisen.

Auf der anderen Seite, da, wo der Berg abfiel, schien der See in der Luft zu enden.

Als der Landcruiser hielt, kam ihm ein magerer, bellender Kümmerling von Hund entgegen. Es war Roughy, die neben dem Wagen herlief und zugleich zu bellen und den alten Schuh festzuhalten versuchte, den sie in der Schnauze hielt. Die Kinder waren begeistert von ihr. Lauren rief: »Hi, Roughy!«

Rachel parkte den Wagen, und alle stiegen aus.

»Gib mir das, Roughy«, sagte Graham, während er den Schuh an einem Ende packte und mit der Hündin darum rang. Der Junge schnappte ihn, rannte über das Gras und warf ihn in den Wald. Roughy jagte hinter ihm her.

Harry konnte deutlich sehen, daß Rachel nicht hier sein wollte. Er betrachtete eingehend das schöne Blockhaus, das aus Zedernstämmen errichtet war, umgeben von einer Veranda mit ringsum führendem Geländer. »Ein großartiger Platz«, sagte er fast zu sich selbst.

Lauren rannte auf das Haus zu und rief: »He, Großmutter! Wo bist du?«

Eine attraktive ältere Frau tauchte hinter dem Haus auf, ein breites Lächeln auf dem Gesicht. Ruth, Rachels ehemalige Schwiegermutter, war eine temperamentvolle, freiheitsliebende Frau, die entschlossen war, sich dem Alter nicht zu beugen. Sie trug ihr Haar in einer eleganten kurzen Haube frisiert. Bekleidet war sie mit Jeans und einer handgestrickten Weste in Indianerdesign über einem Pendleton-Arbeitshemd.

»Ja, wen haben wir denn da«, sagte sie und breitete für Lauren ihre Arme aus.

Lauren rannte zu ihr, und sie umarmten sich. Graham ging ebenfalls zu ihr und drückte sie richtig. Beide waren offensichtlich verrückt nach ihrer Großmutter.

Rachel und Ruth sahen sich an. Keine Spur von Zuneigung.

»Hallo, Ruth«, brachte Rachel heraus.

Ruth nickte kaum merklich, sie war mehr daran interessiert, den neuen Mann zu mustern. »Hi, Rachel«, sagte sie, wobei sie die ganze Zeit Harry anschaute. »Sie sind Rachels Freund?«

»Nein«, sagte Harry. Er hatte sich an diese Äußerungen bereits gewöhnt. »Ich bin Harry Dalton von der United States Geological Survey. Ich bin hier, um mir Ihren Berg anzusehen.«

»Ein ganzer Schwarm von Ihren Leuten kam her, direkt nachdem der Mount St. Helen's 1980 verrückt spielte«, sagte Ruth. »Damals geschah hier nichts – jetzt geschieht hier auch nichts.«

Harry lächelte über Ruths direkte Art.

»Ich werde Dr. Dalton zu dem See oben bringen«, sagte Rachel. »Ist es in Ordnung, wenn die Kinder hierbleiben?«

»Sicher. Aber warum gehen wir nicht alle?« sagte Ruth. Sie witterte Abenteuer.

Rachel warf einen zweifelnden Blick in Richtung ihrer Kinder. »Hmm«, sagte sie, »sie ...«

Aber Ruth hatte bereits entschieden. Aufgeregt sagte sie zu den Kindern: »Wir können schwimmen und auf dem Rückweg in den heißen Quellen herumtoben. Wie wär's damit, Kinder?« Das war der Stil von Ruth: Einfach wie ein Stürmer vorstoßen, ungeachtet der Bedürfnisse oder Vorbehalte anderer. Harry konnte sehen, woher manche Probleme zwischen diesen beiden Frauen herrührten. Aber er vermutete, daß das nur ein Teil war.

»Ja!« sagte Graham und boxte in die Luft, er war dabei. »Unser Badezeug ist im Wagen.«

Die Kinder und Ruth gingen zu dem Wagen. Rachel blieb einfach sauer stehen.

Harry lächelte. »Sollen wir?« sagte er. Langsam begann ihn die Dynamik dieser kleinen Familie zu interessieren, obwohl er es nicht wollte. Diese beiden Frauen waren wie zwei Skorpione in einer Flasche.

Rachel stürmte auf den Wagen zu. Harry folgte ihr.

13

Etwas tiefer in dem stufenförmigen Hang von Dante's Peak manövrierte Rachel ihren Landcruiser über eine bergauf und bergab führende Felsstraße von einer Seite zur anderen. Die Kinder lehnten sich mit Roughy aus dem Fenster, begeistert von dem prächtigen Ausblick und dem Hauch von Gefahr, die die schmale, sich windende Straße bot.

Rachel steuerte den Wagen hoch zu einem Kamm und dann über dessen Schulter hinunter zum Rande des Bergsees. Viel kleiner als der Mirror Lake unten beim Blockhaus, lag er in einem Krater, der an der Seite des Berges durch eine frühere kurze Eruption entstanden war. Er hatte eine tiefe, fast unnatürliche Blaufärbung für das eiskalte Wasser, Folge der Gase, die aus dem vulkanischen Bett darunter in den See gelangten.

Ruth, die Kinder und Roughy liefen am Ufer entlang und einen Hang hoch. Sie tobten auf dem Hügel herum, schrien und warfen Steine in den See, während Harry sich unten an die Arbeit machte.

Rachel schaute zu, als Harry sich mit einem digitalen pH-Meter an den See kniete.

»Was machen Sie?« fragte sie.

»Ich messe den Säuregrad des Wassers«, sagte Harry.

»Wie ein Bademeister?«

Harry grinste gutmütig. »Genau«, sagte er. »Wie ein Bademeister.« Er zog das Meßgerät heraus, stand auf und warf Rachel einen Blick zu. »Der pH-Wert wird mit den Proben verglichen, die vor fünfzehn Jahren genommen wurden.«

»Von hier?« fragte sie.

»Ja«, sagte er. »Und vom Mount St. Helen's. Damals wurden in diesem ganzen Abschnitt der Cascades Grundlinienmessungen vorgenommen. Sie sind großes Laboratorium für Vulkanismus. Sie sollten sich geehrt fühlen.« Er sagte das mit einem Grinsen.

Rachel schaute ihn darauf zweifelnd an. Ein Freudenschrei lenkte ihre Aufmerksamkeit auf Ruth und die Kinder, die auf dem Hügel herumtollten. Sie schien zugleich verärgert und ein bißchen traurig zu sein.

Harry betrachtete die Skala des Meßgeräts. Er war überrascht über das, was da stand. Er berührte das Wasser, das von dem Gerät tropfte. Es brannte auf der Haut seiner Finger. Er war ehrlich besorgt.

Er hob den Kopf, blickte in die Ferne und musterte den Wald, der bis zum Rand des Wassers reichte. Die meisten Kiefern an der anderen Seite des Sees sahen gesund aus. Aber eine Handvoll, unmittelbar am Ufer, waren umgestürzt und ihre Äste waren kahl.

»Diese toten Bäume«, sagte er zu Rachel, »irgendeine Ahnung, wann die eingegangen sind?«

Rachel, die noch immer die Kinder und Ruth beobachtete, hatte nicht zugehört. »Wie bitte?« sagte sie.

Harry deutete über den See. »Irgendeine Ahnung, wann diese Bäume eingegangen sind?« sagte er.

Rachel blickte auf die Bäume, bemerkte sie zum ersten Mal und zuckte die Schultern. An der anderen Seite des Sees schnitt der Kraterrand steil in den Berg. Die Bäume an dieser Seite sahen gesund aus.

»Könnten die Winterstürme gewesen sein, nehme ich an«, sagte sie. »Warum? Glauben Sie, wir haben ein Problem?«

»Ich mache pro Jahr fünfundzwanzig oder dreißig solcher Untersuchungen«, sagte Harry, wobei er sich Notizen in einem kleinen Notizbuch machte. »Achtundneunzig Prozent davon sind falscher Alarm.«

»Und was ist mit den anderen zwei Prozent?« sagte Rachel, die sich endlich auf das konzentrierte, was Harry sagte.

Er schüttelte leicht den Kopf. »Sie brauchen sich keine Sorgen darüber zu machen, ob Sie auf der Liste der ›besten Orte zum Leben‹ nach oben rücken.«

Rachel warf ihm einen unfreundlichen Blick zu.

Er ging allein an dem bewaldeten Ufer entlang, suchte nach

weiterer absterbender Vegetation oder Wassertieren. Solches Sterben konnte ein Zeichen für ungewöhnliche Mengen von Kohlendioxid sein, die durch seismische Aktivität aus den Tiefen des Sees freigesetzt wurden.

Kohlendioxid war für einen Vulkanologen ein Warnsignal. Allgegenwärtig in der Atmosphäre und normaler Bestandteil von Atem und Metabolismus der Tiere, war es in großen Menschen tödlich. Es bildete im Blut Kohlensäure und löste eine Acidose aus, die töten konnte. In der Erde erstickte zuviel Kohlendioxid die Wurzeln sauerstoffliebender Bäume und Pflanzen genauso wie Tiere und Menschen. Harry machte sich eine Notiz, ein Instrument zur Messung von Bodengasen mitzubringen, wenn er das nächste Mal kam.

Er betrachtete die Landschaft aufmerksam. Er sah einige treibende Fische und weiter draußen abgestorbene Wasserpflanzen. Längs dem Ufer weitere Fichten im frühen Verfallsstadium. Er hockte sich hin und untersuchte eine unbewachsene Uferstelle. Keine Spuren von Wühltieren oder Insektenleben. Für Harry waren dies Anzeichen für eine mögliche Kohlendioxidausscheidung durch vulkanische Aktivität. Aber kein Beweis. Nicht genug, um ganz sicher zu sein. Und doch ...

Als er in das tiefblaue Wasser des kleinen Sees blickte, fiel ihm das eigenartigste, tödlichste Beispiel vom Auftauchen von Kohlendioxid in jüngster Zeit ein. Es war in einem wunderschönen, harmlos aussehenden blauen See genau wie diesem gewesen.

Es war vor zehn Jahren am Nyossee im Nordwesten Kameruns in Afrika gewesen. Ein wunderschöner blauer Kratersee. Es schien, als sei das stark von Gas durchsetzte Grundwasser, das seit Äonen unberührt gewesen war, durch ein kleines vulkanisches Beben durchgeschüttelt worden. Das kalte Wasser stieg vom Grund auf und das vom hohen Druck befreite CO_2 bildete Blasen, die dann in einer kaminähnlichen Säule nach oben drangen. Der gashaltige Schaum schoß durch die Oberfläche in einer unglaublichen Fontäne über 150 Meter hoch. Ein tödlicher Nebel umhüllte den See und die umliegende Landschaft und tötete augenblicklich über tausend Menschen und alles Vieh und andere Tiere. Es gab so wenige Überlebende, daß es Wochen dauerte, bis die Nachricht aus dieser abgeschiedenen Gegend bekannt wurde.

Und Harry erinnerte sich aus dem letzten Winter an ein schreckliches Beispiel, wo ein Forstranger, der auf Patrouille im Hinterland gewesen war, in eine Kohlendioxidfalle gelaufen war. Der brillentragende, etwas rundliche Forstranger hatte am Mammoth Mountain in Zentralkalifornien, in dem Long Valley Caldera – einem weitgestreckten, häufig untersuchten Vulkansystem, das seit vier Millionen Jahren geologisch aktiv ist – versucht, Zuflucht vor einem schweren Schneesturm in einer fast vom Schnee bedeckten Hütte zu finden. Er stieg durch eine Falltür nahe dem Dach ein und kletterte ins Innere. Er konnte den Atem nicht anhalten. Sein Puls schnellte hoch auf 200. Er begann Sterne zu sehen. Es gelang ihm gerade noch hochzuklettern, sich halb über die hohe Schwelle zu werfen und dort, so tief er konnte, minutenlang zu atmen, bis er sich erholt hatte.

Es war eine CO_2-Tigerfalle. Das farblose, geruchlose Gas, schwerer als Luft, war aus dem darunter liegenden Vulkan durch den Boden gedrungen und hatte sich über dem Fußboden der Hütte gesammelt, hatte durch den Schnee nicht entweichen können. Ein paar Atemzüge mehr, und der Ranger wäre auf der Stelle gestorben.

Harry blickte zur anderen Seite und sah Rachel mit ihren Kindern spielen. Dies waren Geschichten, die er ihr dieses Mal nicht unbedingt erzählen mußte, fand er. Er kehrte zu dem Wagen zurück.

14

Wieder in etwas geringerer Höhe steuerte Rachel den Landcruiser von der Bergstraße zu einer Ausweichstelle. Die Kinder hinter ihr hüpften auf dem Sitz und warteten darauf, daß der Wagen hielt. Dies war einer ihrer ewigen Lieblingsplätze – ein bißchen unheimlich und geheimnisvoll, mit einem Hauch von Gefahr, selten besucht. Köstlich.

Der Wagen kam zum Stehen, und alle stiegen aus, der Hund zuerst. Ein Pfad führte von der Straße weg durch hohe Bäume. Die Kinder schossen direkt darauf zu, eilten mit ihrem Badezeug zu den verbotenen heißen Quellen, begleitet von der herumtollenden Roughy.

»Wer als letzter da ist, ist ein Wurstzipfel!« schrie Lauren.

Rachel rief ihnen nach: »Achtet auf giftige Pflanzen, wenn ihr eure Badeanzüge anzieht ... Und wartet auf mich, bevor ihr hineingeht!«

Die Kinder waren bereits zu weit den Pfad hinuntergelaufen, um das hören zu können. Aus irgendeinem Grund machte dieser Platz Rachel immer ein wenig nervös.

Aber nicht Ruth.

»Da passiert nichts«, sagte sie. »He, wartet ...« Sie rannte den Pfad hinunter, hinter den Kindern her, auf die heißen Quellen zu.

Rachel schüttelte den Kopf. Dann bemerkte sie, daß Harry auf eine dramatische Extrusivfelsformation neben der Straße starrte. »Ein Mann, der einen Felsen anstarrt, hat entweder eine Menge im Kopf«, sagte sie, »oder nichts.«

Harry lachte. »Die Felsen da oben verraten uns, wann dieses Gebiet zum letzten Mal aktiv war.«

»Und das war wann?« sagte Rachel.

»Vor etwa siebentausend Jahren«, erwiderte Harry. Er trat an den Straßenrand und blickte hinunter. Tief unten konnte er Teile der Stadt sehen.

»Hmm«, sagte Rachel, erleichtert, das zu hören, »wenn das so lange her ist ...«

In diesem Moment drang ein entsetzter Schrei durch die Bäume aus Richtung der heißen Quellen: Lauren schrie vor Angst auf!

Harry und Rachel begannen den Pfad hinunterzurasen und durch das Gebüsch auf das Geräusch zu. Rachel klopfte das Herz bis zum Halse.

Harry und Rachel stürmten auf die Lichtung.

Lauren stand dort völlig bekleidet mit entsetztem Gesichtsausdruck und starrte auf etwas. Graham trat neben sie und schaute dorthin. Sein Gesicht verzog sich ebenfalls ein wenig.

Rachel und Harry rannten zu ihnen, blieben stehen und starrten auf den Boden: zwei tote Eichhörnchen. Graham nahm einen Stock und drehte eines um.

»Ooooh. Faß es nicht an«, sagte Lauren und erschauerte.

Es bot einen wirklich ekelhaften Anblick, war mit Maden bedeckt.

»Igitt«, sagte Rachel und wandte den Kopf ab.

Ruth schaute das Eichhörnchen mit klinischem Interesse an. Der Tod stellte für sie keine Bedrohung dar. »Muß so eine Art Eichhörnchenepidemie sein«, sagte sie. »So liegen sie überall auf dem Berg herum.«

Harrys Antennen zuckten. Er bückte sich, um die Eichhörnchen näher zu untersuchen. Wieder mußte er seine Besorgnis verbergen.

Die Kinder begaben sich, des Anblicks müde, zu den heißen Quellen.

»Ich habe Roughy hier in der Nähe gefunden«, sagte Ruth. »Vor sechs Jahren. Sie hatte einen Kampf mit einem Stachelschwein. Der traurigste Anblick, der mir je vor Augen gekommen ist.«

Rachel vermochte nicht, mitzufühlen. Sie ging weiter.

Harry hingegen lächelte. Irgendwie mochte er das alte Mädchen – ihm gefiel ihre Lebenseinstellung. »Darauf würde man nie kommen, wenn man sie jetzt ansieht«, sagte er. »Kleine Schönheit.«

Ruth lächelte, als Harry die Hündin tätschelte.

15

Lauren und Graham näherten sich dem Ufer der heißen Quellen, ihre Badeanzüge unter den Armen. Sie starrten mit ein wenig Scheu auf das unheimliche Bild.

»Das ist so cool«, sagte Lauren leise.

So viel Dampf stieg von der Oberfläche der Quellen auf, daß nicht deutlich zu erkennen war, was immer draußen in der Mitte des Wassers trieb. Tödliche Stille lag um den See – keines der üblichen Geräusche von Vögeln oder anderen Tieren. Ein Streifen Moos fiel mit leisem Platschen von einem überhängenden Ast ins Wasser.

Dann ein blubberndes Geräusch, und mit dem Dampf stieg eine Welle von Schwefeldioxid und anderen stinkenden Gasen auf.

»Puh! Das stinkt«, sagte Graham. »Ich weiß nicht, ob ich da hineingehen will.«

»Es riecht wie dein Zimmer«, sagte Lauren. »Da gehst du auch rein.«

Sie drehte sich um, um in die Büsche zu gehen und sich umzuziehen.

Wenn sie hineinging, würde Graham bestimmt nicht kneifen.

Beide Kinder zogen sich im Gebüsch um. Lauren kam in ihrem kleinen Einteiler heraus und deutete auf das T-Shirt, das an dem Schild »BADEN VERBOTEN« hing.

»Sieh mal! … Großmutter!« rief sie.

Ruth kam herüber, nahm das T-Shirt und schaute sich um. Sie sah die beiden Kleiderhaufen. Neugierig wandte sie sich dem dampfumhüllten See zu und trat an das Ufer. Sie spähte durch das Miasma, versuchte zu erkennen, ob jemand da draußen war. Sie rief zaghaft: »Hallo? Ist da jemand?«

Harry und Rachel kamen zu ihr.

»Manchmal schleichen sich Paare auf ein heißes Bad und eine heiße Nummer her«, sagte Ruth.

»Ruth!« sagte Rachel.

Ruth winkte ab. »Himmel auch, Rachel«, meinte sie.

Graham hatte inzwischen seine weite Badehose angezogen.

Er kletterte auf einen kleinen Überhang und machte sich bereit, mit einer Arschbombe ins Wasser zu springen. Bei dem fauligen Gestank rümpfte er die Nase, als er sich dem Rand näherte.

Harry schaute auf die heißen Quellen. Ein entsetzlicher Gedanke kam ihm. Er handelte, noch bevor er schrie: »Bleib vom Wasser weg!« Er sprintete los und machte einen Hechtsprung, erwischte Graham gerade in dem Augenblick an der Hüfte, als der Junge sich vorbeugte, um in das Wasser zu springen. Graham und Harry landeten kurz vorm Ufer.

Lauren, die etwas weiter entfernt am Ufer stand, stieß einen entsetzten Quietscher aus und trat zurück.

»Was, zum Teufel ...?« sagte Ruth.

Bevor Harry eine Erklärung abgeben konnte, stieß Lauren einen richtigen Schrei aus.

Der Dampf vor ihr hatte sich verzogen. Dort trieb, mit dem Gesicht nach unten und entsetzlich verbrannt, die Leiche der jungen Frau.

Im Nu war Graham an ihrer Seite und starrte die gekochte, mit Blasen überzogene Gestalt an.

Rachel rannte zu ihren Kindern, die beide wie gebannt auf die Leiche starrten – hypnotisiert, weil sie zum ersten Mal den Tod sahen. Rachel führte sie behutsam weg. Sie konnten ihre Blicke nicht einmal beim Gehen von der Leiche abwenden.

Harry schaute auf die leblose Frau. Und ganz plötzlich, aus heiterem Himmel, überkam ihn die Erinnerung an eine andere Zeit, einen anderen Ort. An einen anderen tragischen, sinnlosen, dummen Tod. Und dann mußte er sich abwenden. Und allein in den Wald gehen.

16

Männer des örtlichen Krankenhauses packten die Leichen in mit Reißverschlüssen versehene Leichensäcke, ein entsetzliches Ende für das, was als eine unschuldige Gebirgsidylle begonnen hatte. Die Sanitäter trugen die Leichen auf Bahren über den gewundenen Waldweg auf die Straße.

Sie luden sie in den Krankenwagen, der in einem Winkel an der Ausweichstelle geparkt stand, neben einem Polizeiwagen, dessen Lampen rot und blau zuckten.

Harry stand mit dem Rücken zu dem, was da vorging, und blickte auf die unter ihm liegende Stadt Dante's Peak hinunter. Er führte ein Gespräch per Funktelefon.

»... Paul, ich denke, wir sollten die ganze Region beobachten«, sagte Harry. »Bring den ganzen Krempel hierher – Seismometer, Temperaturfühler, Neigungs- und Deformationssensoren, Gasanalysegeräte. Wir sollten den ganzen Berg verdrahten, nichts riskieren.«

Er lauschte Pauls Antwort und fuhr dann fort: »Nein, nein, keine Dampfwolke zu sehen, und ich weiß, was das alles kostet ...«

Er hörte wieder zu.

»Ich weiß nicht«, fuhr er fort, »aber der Säuregehalt im See ist so hoch, daß er mich beunruhigt, und aus dem Boden dringt genügend Kohlendioxid, um Bäume und Waldtiere zu töten. Ich empfehle zumindest ein Level D ...«

Eine »Level D«-Statusmeldung, was ›mäßige Unruhen‹ bedeutete, war der viertniedrigste von fünf Graden von Ernst auf der internationalen Vulkanwarnskala.

Paul beeilte sich, Harry daran zu erinnern, daß selbst eine niedrige Level D üblicherweise erst gemeldet wurde, wenn es mehrere kleine Erdstöße gegeben hatte – hundert oder mehr, oder zwei große 3.0-Beben oder größer – an einem Tag. Paul erinnerte Harry auch daran, daß die Medien hartnäckig und zum Wahnsinnigwerden nie zwischen niedrigen Statusmeldungen und wirklich akuten Vulkanwarnungen unterschieden und über jede Warnung als unmittelbare Bedrohung für Leib und Leben berichteten. Unnötig, dazu aufzufordern.

Unausgesprochen, aber in Pauls Hinterkopf war selbst jetzt Unsicherheit hinsichtlich Harrys Urteilsvermögen in einem Fall wie diesem. Harry war nicht mehr derselbe nüchterne, kühle und objektive Wissenschaftler, der er einmal gewesen war, befürchtete Dreyfus. Wie konnte er das sein? Wieviel deutete er in die gegenwärtige Situation hinein? Wie sehr versuchte er die Vergangenheit zu rekapitulieren, aber es dieses Mal richtig zu machen, auf ganz sicher zu gehen?

Kurzum, Dreyfus vermutete, daß Harry die Tauben viel zu früh fliegen lassen wollte, und er lauschte aufmerksam allem, was Harry sagte, um eine vernünftige Entscheidung zu treffen.

Am anderen Ende der Ausweichstelle saß jetzt Ruth auf dem Fahrersitz von Rachels Wagen. Rachel stand draußen vor dem Landcruiser auf der Straße und umarmte ihre beiden Kinder.

»Alles okay?« sagte sie und wischte die verbliebenen Tränen von Furcht und Entsetzen fort, die aus Laurens Augen geflossen waren, als sie begriffen hatte, was geschehen war.

Die Kinder nickten.

»Ich liebe euch«, sagte Rachel ruhig und beschwichtigend.

Sie umarmten ihre Mutter noch einmal und stiegen dann in den Wagen.

Rachel legte eine Hand auf die Wagentür und nickte Ruth zu. »Ich werde nicht lange brauchen«, sagte sie.

Ruth legte ganz geschäftig den Gang ein und fuhr davon.

Rachel, sich jetzt ganz ihrer staatsbürgerlichen Verantwortung bewußt, eilte zu Harry hinüber, als der gerade den Hörer einhängte.

»Irgendeine Ahnung, wer sie waren?« fragte Harry. Er beobachtete, wie der Krankenwagen mit den beiden Leichen langsam abfuhr.

»Niemand, den ich kenne. Wahrscheinlich Touristen«, sagte Rachel. Sie schauten dem Krankenwagen nach, der langsam die Straße hinunterrollte, bis er hinter einer Kurve verschwand.

»Was geht hier vor, Harry?« fragte Rachel. »Was meinen Sie, wie groß ist das Problem, das wir haben?«

Harry schürzte seine Lippen und überlegte angestrengt, bevor er antwortete. Seine Gefühle drehten ihm fast den Magen um. »Zu früh, um etwas zu sagen«, meinte er schließlich. »Aber ich finde, Sie sollten eine Stadtratssitzung einberufen. Diese Stadt sollte auf alles vorbereitet sein.«

17

Früher, Anfang des 18. Jahrhunderts, war Dante's Peak ein Pelzhandelsaußenposten der Hudson's Bay Company. Mitte der achtziger Jahre des letzten Jahrhunderts wurde aus der von wenigen hundert indianischen Trappern und weißen Jägern bewohnten Ansiedlung eine kleine Stadt, als ein kurzlebiger Gold- und Silberrausch in der Region ausbrach. Der Cold Creek, der durch die Stadt floß, wurde zum Silver River, und dieser Boom zog eine frische und hoffnungsvolle Bevölkerung an. Selbst aus dem fernen Boston kamen Menschen.

Glücklicherweise begann, da die Gold-, Silber- und Bleiminen nach wenigen Jahren zu Ende gingen oder erschöpft waren, das lange schon schwelende Geschäft mit dem Holz zu boomen. Ende der 80er und 90er Jahre des vergangenen Jahrhunderts brachte die Eisenbahn nach Puget Sound ein billiges Transportmittel. Die Holzwirtschaft nahm zu und blieb fast bis auf den heutigen Tag die wichtigste Wirtschaftsstütze von Dante's Peak und dem Großteil der Cascades. Bis zu der Kontroverse um die Große Gefleckte Eule, Anfang 1990.

Durch Verschärfung des Gesetzes zum Schutze bedrohter Arten im Hinblick auf die Gefleckte Eule wurde das Holzfällen in den wenigen verbliebenen alten Urwäldern aller drei Staaten der Westküste stark eingeschränkt. Überall in den Cascades bemühten sich blühende kleine Städte wie Dante's Peak, Ersatz für den ökonomischen Lebenssaft zu schaffen, den die Holzwirtschaft für über ein Jahrhundert geboten hatte.

Langfristig konnte die Auszeichnung des Money Magazine für Bürgermeisterin Wando eine Hilfe sein, andere wie Elliot Blair zu ermutigen, ihre Unternehmen und Industrien in dieser freundlichen kleinen Stadt anzusiedeln.

Solange es keine großen Überraschungen von dem massigen, schneebedeckten Nachbarn gab, der von Norden aus auf die Stadt herabblickte.

Der Stadtrat tagte in einem kleinen engen Raum in einem sehr bescheidenen, aus Holz errichteten Rathaus. An der Vorderseite des Raumes war die Flagge des Staates Washington, ein Foto des Gouverneurs und ein langer, abgenutzter Arbeitstisch, der als Podium diente. In der Mitte des Raumes standen mehrere Reihen verschlissener Vinylstühle.

Einschließlich Rachel hatte der Rat sieben Mitglieder. Dr. Jane Fox, Mary Kelly, eine Versicherungsvertreterin, Norman Gates, pensionierter Wirtschaftsprüfer, Karen Pope, Antikmöbelhändlerin, Joe Ballard, der Drogist, und William Collings, Kurzwarenhändler. Außerdem war Sheriff Turner da und, obwohl er es rein technisch betrachtet gar nicht sein durfte, Les Worrell, der Haushaltwarenladenbesitzer.

All diese Leute saßen um den Arbeitstisch, und Bürgermeisterin Wando saß am Kopfende.

Harry saß auf dem heißen Stuhl, allein am anderen Ende.

»Ich dachte, dies sei ein erloschener Vulkan«, sagte Sheriff Turner.

»Nicht erloschen, nur ruhend, so wie schlafend«, erklärte Harry. »Und Ihr Vulkan könnte gerade dabei sein, zu erwachen.«

»Mr. Dalton«, sagte Les Worrell, »Sie reden von der Evakuierung von 7 400 Menschen. Halten Sie das nicht für ein wenig extrem?«

Lautes, zustimmendes Gemurmel von fast allen Anwesenden.

»Alles, wovon ich rede«, sagte Harry, »ist, daß Sie die Stadt von der Möglichkeit einer Evakuierung in Kenntnis setzen sollten.«

Rachel nickte zustimmend. »Auf diese Weise wird niemand

überrascht, sollte sich die Situation plötzlich verschlechtern«, meinte sie.

»Das ist ja alles schön und gut«, erwiderte Les. »Doch was Mr. Dalton nicht begreift, ist, daß, wenn Elliot Blair erfährt, daß es hier ein gewisses Problem gibt, der seine achtzehn Millionen Dollar und seine achthundert Arbeitsplätze nehmen und verschwinden wird.« Er hielt inne, blickte von Gesicht zu Gesicht, um dem mehr Nachdruck zu verleihen, und fuhr dann dramatisch fort: »Dann wird diese Stadt tot und begraben sein, egal, ob da ein Vulkan ist oder nicht.«

Die Ratsmitglieder sprachen alle gleichzeitig, wogen beide Seiten der Lage ab. Stimmen hoben sich, Entrüstung schlich sich in den Diskurs auf beiden Seiten, sowohl, was die Gefahr von Leib und Leben betraf, als auch die unnötige Vergeudung der so dringend benötigten ökonomischen Infusion. Rachel versuchte, Ordnung zu schaffen.

»Aber bitte – einer nach dem anderen«, sagte sie. Sie wandte sich an Norman Gates. »Norman, holen Sie doch bitte unsere Pläne für Ausnahmezustände heraus. Ich finde, wir sollten zumindest einen Blick darauf werfen.«

Norman stand auf und ging zu den Aktenschränken. Er schaute ein paar Akten durch und zog dann einen schmalen Ordner heraus, der beschriftet war mit »NOTFÄLLE / WALDBRAND / ERDRUTSCH / ERDBEBEN«. Von »VULKANAUSBRUCH« stand da überhaupt nichts. Die Möglichkeit war nie in Betracht gezogen worden. Die meisten der Stadtbewohner im Raum hielten sie noch immer nicht für real.

18

Ein orangefarbener Maxi-Van, ausgestattet mit Satellitenantenne, fuhr am späten Nachmittag in das friedliche Dante's Peak. An den Türen des Van waren die Embleme der United States Department Geological Survey: gekreuzte Feueräxte auf einem weißen runden Fleck.

Paul Dreyfus und das gesamte Team des Vancouver Observatoriums waren an Bord, Terra Furlong, der Spider Legs Ingenieur, und die drei jungen Vulkanologen Nancy Field, Stan Tzima und Greg Esmail.

Sie schauten sich um, während sie langsamer fuhren, um den Veterinär der Stadt die Straße überqueren zu lassen. Er trug ein verletztes Schwarzbärenjunges auf seinen Armen und sprach beruhigend auf das Tier ein. Die Stadtleute lächelten und sagten im Vorbeigehen reizende Worte zu dem Jungen, geradeso, als ob der Tierarzt mit seinem Kind spazierenginge.

»Nun seht euch diese nette kleine Stadt an«, sagte Stan, »duckt sich da ganz behaglich und gemütlich an den Berg.«

»Ja«, meinte Nancy spöttisch. »Genau wie Pompeji.«

Sie alle lächelten ein bißchen zynisch. Sie hatten zu viele Städte wie diese gesehen – ahnungslos, furchtlos, darauf vertrauend, daß die beruhigende Ruhe der Vergangenheit Indiz für eine ähnlich ereignislose Zukunft sei. Die Bilder zahlreicher Katastrophen vor Augen, waren diese Wissenschaftler ein wenig abgestumpft und anfällig für sehr schwarzen Humor.

»Ich hoffe nur, daß hier niemand gerade eine neue Küche eingebaut hat«, sagte Greg. Sie stöhnten alle bei diesem grauenhaften Gedanken. Greg war ein Meister des schwarzen Humors, da er bereits durch das Leben geprägt worden war, als er zur Vulkanologie kam.

In Pakistan geboren, war er der jüngste, lebhafteste und rebellischste Sohn einer großen Familie, deren Oberhaupt ein wohlhabender Augenarzt war. Er studierte an der Universität widerwillig Augenheilkunde, als das Schicksal sich entschloß, ihn auf einen Zickzackkurs zu bringen, um der jüngste Vulkanologe des Teams zu werden.

In Karachi war zu der Zeit, und ist noch, eine kriminelle Praxis üblich, die dem Abendländer seltsam erscheint. Einbruchsdiebstähle wurden von Diebesbanden begangen, die zuerst das in einer wohlhabenden Gegend gelegene Haus informierten und die Bewohner warnten, daß sie kommen würden: Bitte, haltet Güter, Geld und Schmuck bereit. Die korrupte Bereitschaftspolizei anzurufen war vergebliche Mühe. So fügten sich Hausbesitzer, wenn sie keinen eigenen Wachdienst hatten, einfach den Forderungen der Räuber und beugten höheren Verlusten vor.

Oft verlangten die Räuber, daß die Familie ihnen eine anständige Mahlzeit servierte, während sie die Beute einsammelten. Dies war eines Abends die Situation in Gregs Elternhaus, als er hereinkam. Er drehte durch – und es gelang ihm, zwei der überraschten Einbrecher mit einem Feuerhaken zu Krüppeln zu schlagen. Ein dritter starb fast.

So lief das aber in Karachi nicht.

Ein Repräsentant der anderen Banden und ein Polizeileutnant kamen ins Haus und boten ein Abkommen an. Greg würde das Land verlassen und so politisch peinlichen Repressalien nicht ausgesetzt sein. Als Gegenleistung dafür würde seine weitverzweigte Familie für unantastbar erklärt und ihr Vermögen und Leben würden sicher sein.

Binnen zweier Wochen lebte Greg in Miami bei einem Cousin und war im Rahmen eines Förderungsprogramms an der Universität von Miami immatrikuliert.

Er hielt anderthalb Semester Medizinstudium durch.

Er lernte eine Geologiestudentin kennen, die ihn während der Frühjahrsfeiern zu den Soufrière Hills auf der Karibikinsel Montserrat mitnahm, wo der Vulkan rumpelte und rauchte und andere Zeichen bevorstehender Aktivitäten zeigte. Greg war fasziniert. Vulkanfeldforschung: Gab es eine bessere Berufung für einen klaustrophobischen, energiegeladenen jungen Mann? Am Tag seiner Rückkehr schrieb er sich als Student der Naturwissenschaften ein.

Als er jetzt mit dem USGS-Team an diesem immer vielversprechenderen Gelände eintraf, war er erregt. Wie Harry in seiner Anfangszeit verkörperte er den zentralen Widerspruch aller Geologen, die notgedrungen in geologischer Zeit verhaftet waren: Er brannte darauf zu sehen, wie sich etwas bewegte.

Paul steuerte den Van auf den kiesbestreuten Parkplatz vor Cluster's Motel. Die Gruppe stieg aus und streckte sich, hielt Ausschau nach Harrys speziell angefertigtem orangefarbenen Suburban.

Dreyfus ging zum Einchecken hinein und um eine Operationsbasis zu finden.

Warren Cluster legte gegenüber seinen Motelgästen ein Verhalten nach dem Motto »Ich kümmere mich nur um meine

Angelegenheiten« an den Tag. Er wußte nicht, was diese seismologischen Deppen hier wollten, und er hatte nicht die Absicht, das herauszufinden. Er blickte in die Zukunft, malte sich den Tag aus, an dem sein optimal gelegenes Motel, das er bald erweitern würde, von freigiebigen Skiläufern und Ruhesuchenden nur so überquellen würde.

»Der Konferenzraum dürfte für Sie groß genug sein, um Ihr Zeug unterzubringen«, knurrte er Dreyfus an. Er würde denen den doppelten Zimmerpreis berechnen, dachte er. Ist schließlich Regierungsgeld.

»Danke«, sagte Dreyfus und reichte ihm seine von der Regierung ausgestellte Kreditkarte. »Wissen Sie zufällig, wo ich Harry Dalton finden kann? Ich dachte, er sei hier.«

»Er ist drüben im Stadtrat«, sagte Cluster. »Er und die Bürgermeisterin haben eine Sitzung angeraumt.«

Das Gesicht von Dreyfus wurde dunkel. Genau das hatte er befürchtet.

19

Im Sitzungszimmer des Stadtrats war die lebhafte Diskussion noch immer im Gange, während Rachel die Evakuierungspläne für die Stadt durchsah.

»Wann also wird dieser Berg vermutlich explodieren?« fragte Norman. Er war nun einmal ausgebildeter Wirtschaftsprüfer. Er wollte Fakten und Zahlen.

»Ich wünschte, die Vorhersage vulkanischer Eruptionen wäre eine exakte Wissenschaft«, setzte Harry an, »aber unglücklicherweise ...«

Les sah seine Zukunft dahinschwinden. Er schrie: »Perfekt! Wir setzen die Stadt also von allem in Kenntnis und nichts passiert.« Er stand auf und schwenkte seine Arme. »Leute«, sagte er, »es ist nicht so, daß wir die einzige Stadt in den Cascades mit einem großartigen Skigebiet sind. Wir können es einfach nicht riskieren, Blair Industries zu verlieren, nur weil Mr. Dalton wilde Vermutungen hat!«

Dr. Fox versuchte, die Temperatur zu senken, indem sie ruhig sprach. »Was wir nicht aufs Spiel setzen dürfen«, sagte sie, »ist das Leben unserer Bürger, nur weil sie zufällig mit Ihnen durch ein Stück Ihres Landes verbunden sind.«

»Es geht nicht um mein Land, Jane«, sagte Les hitzig.

Rachel blickte von ihrem Evakuierungsplan auf. Sie sah, daß es an der Zeit war, zu einem Ergebnis zu kommen. »Also gut«, stellte sie fest. »Kommen wir zu einer Abstimmung. Sollen wir einen Evakuierungsalarm für Dante's Peak geben oder nicht?«

Die Tür an der Rückseite des Sitzungsraumes flog auf, und alle Blicke richteten sich dorthin.

Harry war verblüfft. »Paul!« sagte er.

Alle schauten zu, wie Dreyfus hereinkam und nach vorne trat. Er strahlte Selbstvertrauen und Autorität aus, hatte keine Scheu, uneingeladen hereinzukommen.

»Dies ist mein Boß«, sagte Harry, »... Dr. Paul Dreyfus.«

Dreyfus hatte ein freundliches Lächeln für alle bis auf Harry. »Ist mir ein Vergnügen«, sagte er. Er wandte sich an Harry und fragte: »Was geht hier vor?«

»Ich habe den Ratsmitgliedern empfohlen, diese Stadt zu alarmieren«, sagte Harry. »Sie wollten gerade darüber abstimmen.«

»Harry, kann ich mal mit dir reden?« sagte Dreyfus.

Harry ging zu Dreyfus hinüber, und sie begaben sich gemeinsam auf den Korridor.

»Hör mal, Harry«, sagte Dreyfus, »ich habe dich hergeschickt, damit du dich mal umsiehst, aber nicht, um den Stadtrat in Angst und Schrecken zu versetzen.«

Harry war fassungslos. »Ich weiß, Paul«, sagte er, »aber hier sind zwei Menschen umgekommen. Einen Alarm zu empfehlen schien mir das einzig Verantwortungsbewußte.«

Dreyfus schüttelte den Kopf. »Weißt du, es mag Dutzende von Gründen für das geben, was an diesen heißen Quellen geschehen ist«, stellte er fest. »Angefangen von einem leichten Erdbeben über eine geringfügige seismische Verschiebung bis hin zu Senkungen und unterirdischer Erosion und ...«

»Paul ...« unterbrach ihn Harry.

»... Aber keiner dieser Gründe«, sagte Dreyfus, »nicht ein einziger, bedeutet, daß dieser Berg in der nächsten Woche, nächsten Monat oder in den nächsten hundert Jahren eruptieren wird.«

Dreyfus zwang Harry mit Blicken nieder.

Dann machte er auf dem Absatz kehrt und ging in das Sitzungszimmer zurück, um zu den Ratsmitgliedern zu sprechen. Harry folgte ihm und blieb an der Rückseite des Raumes stehen.

»Meine Damen und Herren«, sagte Dreyfus, während er an das Kopfende des Tisches trat. »Ich bin sicher, daß Dr. Dalton getan hat, was er im Interesse der Stadt für das beste hielt. Ich habe jedoch durch bittere Erfahrung gelernt, daß diese Entscheidungen nicht leichthin getroffen werden sollten.«

Les und die anderen Geschäftsleute spitzten die Ohren und lauschten mit wachsendem Interesse.

Dreyfus lächelte beruhigend. »Im Jahre 1980«, sagte er, »hätte ich eine Million Dollar darauf verwettet, daß Mammoth Mountain hochgehen würde. Eine enorme Menge geologischer Aktivität, fast dauernd Erdbeben, eine Kuppel von heißem Magma stieg auf, Bäume starben durch Austritt von CO_2 – alle Anzeichen.« Er zuckte die Schultern. »Wir begannen darüber zu reden, ob wir die Stadt in Alarmbereitschaft versetzen sollten. Gott sei Dank ging Mammoth nicht hoch, aber der Schaden war bereits angerichtet. Es hatte sich herumgesprochen, daß die United States Geological Survey eine ›gewisse Besorgnis zum Ausdruck gebracht hatte‹ – nur dies. Nicht mehr. Und die Touristen gerieten in Panik und blieben weg. Die Stadt ging fast bankrott. Und deshalb bin ich jetzt erheblich vorsichtiger, wenn es darum geht, auch nur darüber zu reden, eine Stadt in Alarmbereitschaft zu versetzen.«

Dreyfus war beeindruckend und überzeugend. Harry konnte sehen, daß es genau dies war, was die meisten Bürger der Stadt hören wollten.

»Leute«, sagte Dreyfus, »wir werden hier draußen so lange wie nötig kampieren, mit Seismographen und Neigungsmessern, die jeden Schluckauf, den Ihr Berg macht, registrieren und aufmerksam verfolgen. Wir werden Laserstrahlen einsetzen, um Größenänderungen zu verfolgen und Gasemissionen analysieren ... Teufel auch, wir haben sogar einen Roboter, der einen Spaziergang nach oben machen und bei dem verdammten Ding die Temperatur messen wird. Worauf ich hinauswill, ist einfach dies – sollte es eine Aufforderung zur Alarmbereitschaft geben, wird die sich auf wissenschaftliche Beweise gründen. Nicht auf die Meinung eines einzelnen.«

Er war fertig. Die Ratsmitglieder sahen sich an – und stürzten sich auf Rachel.

»Um Himmels willen, Rachel«, sagte Mary Kelly, die Versicherungsagentin, »diese Sache hätte viel diskreter behandelt werden müssen. Diese Sitzung hätte niemals einberufen werden dürfen.«

Les richtete einen Finger auf sie. »Ich hoffe nur, daß Mr. Blair davon noch keinen Wind bekommen hat«, erklärte er. »Denn wenn es so ist, wird es erhebliche Mühe kosten, diese Vereinbarung zu retten.«

Norman Gates war direkter. »Wenn Blair Industries abgeschreckt wird«, sagte er zu Rachel, »ziehen wir Sie zur Verantwortung ... Bürgermeisterin.«

Rachel wußte nicht, was sie denken sollte. Dieser Mann, Harry, hatte ebenso besonnen und verantwortungsbewußt gewirkt wie Dreyfus. Lag er so falsch? Sie schaute zu ihm hinüber, versuchte sich zu entscheiden.

Dreyfus ging zu Harry, und sie starrten sich an. Harry war völlig reuelos. »Du machst hier einen großen Fehler, Paul«, sagte er gelassen. »Dies ist ein instabiles System, und diese Stadt sollte in Alarmbereitschaft versetzt werden.« Er wollte hinzufügen, daß es nur fair sei, in einer so abgelegenen Gegend wie dieser auf Nummer sicher zu gehen, wo eine Evakuierung, wenn es dazu kam, langsam, schwierig und gefährlich sein würde. Aber der Gesichtsausdruck von Paul, der besagte »Jetzt reicht's mir«, hinderte ihn daran.

»Du wolltest Urlaub machen, Harry, nicht wahr?« sagte Dreyfus. »Wir sehen uns in zwei Wochen.«

Harry stürmte gedemütigt aus dem Raum.

Rachel schaute zu, wie er ging, sie war ziemlich verwirrt.

Der Rest des Stadtrates war jetzt beruhigt, und seine Mitglieder kicherten und plauderten erleichtert miteinander.

Rachel verspürte noch immer eine Unruhe, als sie die Akte für Katastrophenfälle wegpackte. Sie verließ den Raum allein, war eine Ausgestoßene, zumindest im Augenblick.

20

Als die Sonne groß und orange am Westhimmel wurde, löste am Crater Lake ein Zittern im Boden ein Stück vom Ufer, und es fiel ins Wasser.

Durch diesen Mini-Erdrutsch wurde der Bau einer Bisamrattenfamilie freigelegt. Die Bisamrattenmutter hockte in der zentralen Höhle, sah fett und gesund aus nach einer Saison erfolgreicher Futtersuche, war aber reglos. Unmittelbar neben ihr lagen, ebenso gesund und ebenso reglos, ein halbes Dutzend pelziger Babys. Alle waren tot, erstickt. Sie hatten, ebensowenig wie die anderen Wühltiere in diesem Bereich und anderen Regionen an den Flanken von Dante's Peak, keine Chance gehabt. Ein lautloser Killer war hereingekrochen und hatte sie im Schlaf überrascht.

Kiefernnadeln fielen oben von einem Baum herunter. Braun und tot trieben sie in der Brise. Mehrere Morgen von Wald über dem See starben.

Harry verließ das Rathaus in einer sehr düsteren Stimmung. Er war zu Unrecht an den Pranger gestellt worden. Das nahm er übel. Und er hatte das schlechte Gefühl, daß er ausgerechnet bei der Sache versagte, an der ihm am meisten lag und bei der er Erfolg haben mußte.

Harry schwang sich in seinen Suburban und wendete ihn in Richtung auf Cluster's Motel.

Er fuhr durch die Stadt, wo das Leben ganz normal weiterlief. Graham Wando, der auf seinem Fahrrad zum Blue Moon Café fuhr, winkte ihm zu. Harry sah ihn nicht, gab einfach Gas, den Blick nach vorn gerichtet, mit angespanntem Gesichtsausdruck.

Am Motel fuhr er an dem USGS-Fahrzeug vorbei, das auf dem Parkplatz stand, ohne anzuhalten und seine Kollegen zu begrüßen. Er ging direkt auf sein Zimmer und begann seine Sachen zu packen. Er wollte so schnell wie möglich wegkommen.

Doch während er seine Sachen in eine große Tasche warf, schaute er aus dem Fenster. Er sah etwas – ein kleines Drama, das sich auf dem Parkplatz ereignete. Er versuchte es zu ignorieren, konnte sich aber nicht dazu durchringen. Er unterbrach seine Tätigkeit, trat an das Fenster und beobachtete.

Es war Cluster, der aggressive, sture Besitzer, der eine hitzige Unterhaltung mit einer gutaussehenden jüngeren Frau mit roten Lippen, üppigem Haar und hochhackigen weißen Stiefeln hatte. Sie schien ein wenig unsicher auf den Beinen zu sein, während sie stritt, und gab Cluster eine Ohrfeige. Sie schwang sich in ihren Pickup und lächelte den siebenjährigen Jungen auf dem Beifahrersitz an, während sie den Motor startete. Sie legte einen Gang ein und fuhr an – kam aber nur einen halben oder einen Meter weit. Cluster stand direkt vor dem Pickup und ging nicht beiseite.

Die Frau beschimpfte ihn. Cluster blieb einfach, wo er war, und schüttelte seinen Kopf, nein. Die Frau saß da für einen

Augenblick und dachte an Mord durch Überfahren. Dann umarmte sie den kleinen Jungen, küßte ihn und scheuchte ihn aus dem Wagen. Der Junge lief zu Cluster, und die Frau trat auf das Gaspedal und schoß mit quietschenden Reifen davon. Cluster, dieser miesepetrige alte grobe Kerl, nahm den kichernden Jungen in seine Arme und ging zu seinem Büro, und sein Lächeln strahlte Liebe aus wie eine Supernova.

Harry stand noch eine weitere Minute da und blickte auf den ruhigen Parkplatz. Seine Miene verriet, daß er eine Entscheidung traf. Er nahm seine Kleidungsstücke und hängte sie wieder in den Schrank.

21

Stein's Bar war das Beste, was Dante's Peak an Bars mit Billard und halbwegs anständiger Musik zu bieten hatte. Zwei mittelgroße Pooltische mit verschlissenem, aber intaktem Filzbezug. Ein Großbildfernseher über der Bar. Ein komplettes Sortiment sämtlicher Biere aus kleinen und kleinsten Brauereien von Washington State neben ausgewählten nationalen und kanadischen Sorten. Und im hinteren Teil eine kleine Bühne, auf der ein Schlagzeug und Keyboards aufgebaut waren, sowie eine Tafel mit der Ankündigung »Orange Insanity Blues Band« für den kommenden Donnerstag.

Paul Dreyfus und das Vulkan-Einsatzteam spazierten nach dem Abendessen durch die Stadt und entdeckten Stein's.

»Sollen wir?« sagte Dreyfus.

»Sieht echt aus«, erwiderte Nancy. Sie war als erste durch die Tür.

Sie standen dann alle drinnen, versuchten, sich an das Zwielicht und den Rauch zu gewöhnen und lauschten zwei Kerlen, die am nächstgelegenen Pooltisch spielten und quatschten.

»Hast du Arbeit bekommen?« fragte der eine.

»Nee«, sagte der andere. Er stieß und traf daneben. »Hätte schon längst heimkehren sollen, aber ich versuche, mich ein bißchen zu amüsieren.«

Dreyfus sah sich aufmerksam einen der anderen Gäste an, der an der Bar hockte und an einem großen Ale nippte. Es war Harry.

Die anderen sahen ihn und schauten sich überrascht an. Dreyfus bedeutete ihnen, sich hinten an einen Tisch zu begeben. Er ging an die Bar und setzte sich auf den Hocker neben Harry.

»Ich dachte, du seist inzwischen weg und auf deiner Angeltour«, sagte Dreyfus.

»Ich hab beschlossen zu bleiben«, erwiderte Harry.

»Das sehe ich«, meinte Dreyfus. »Warum?«

»Weil diese Stadt Probleme hat und ich der beste Mann bin, den du hast.«

Dreyfus sagte nichts. Dann: »Du bist der beste Mann, den ich habe.« Er dachte darüber nach, während er dem Barkeeper zuwinkte, ihm ein Bier zu zapfen. Er drehte sich auf seinem Hocker um und sah Harry an. »Aber solange es nicht in deinen Kopf geht, daß in einer solchen Situation Politik eine Rolle spielt, höchst delikate Politik, ganz zu schweigen von Wirtschaft«, sagte er, »wirst du diesen Leuten nur schaden, nicht nützen.«

Harry nickte sehr ernst und sagte: »Ich verstehe.«

Dreyfus musterte ihn aufmerksam. Und er traf eine Entscheidung. »Ich möchte morgen einen Hubschrauber chartern«, sagte er. »Flieg um den Berg rum und mach COSPEC-Auswertungen. Ich will sehen, ob's da oben Schwefeldioxid gibt.«

Harry nickte. Er war wieder an Bord. Er und Dreyfus waren einer Meinung. Im Augenblick. »Ist gebongt«, sagte Harry.

»Und vergiß nicht«, sagte Dreyfus, »von jetzt an sage ich, was gemacht wird. Wenn weitere Ratsversammlungen einberufen werden müssen, dann mache ich das. Okay?«

»Okay, Paul«, sagte Harry.

Dreyfus machte eine Bewegung mit dem Kopf. Sie nahmen beide ihre Biere und gingen hinüber zu dem Tisch, an dem die anderen vom Team saßen.

Harry hatte große Achtung vor Paul Dreyfus, aber auch einige Vorbehalte ihm gegenüber. Nach Harrys Geschmack nahm Paul zuviel Rücksicht auf politische Interessen. Er setzte nie alles auf eine Karte und trimmte die Segel seines Instituts – und die seines Teams –, um sich den herrschenden Winden in regionalen Hauptquartieren und in Washington, D. C. anzupassen. Er hatte die Angewohnheit, Rat und Meinungen bis zum Erbrechen einzuholen, wie Harry fand, bevor er den Auslöser betätigte. Das machte Harry wahnsinnig.

Natürlich war das der Grund, warum Dreyfus in diese wichtige Position bei der USGS aufgestiegen war – seine politische Klugheit. Neben der Tatsache, daß er unbestritten ein erstklassiger Geophysiker war.

Harry wußte, daß Paul nicht alles geschenkt worden war.

Er hatte für das, was er erreicht hatte, kämpfen müssen. Und die Tatsache, daß er einen Teil seines Kampfes als Kind gegen seine verquere Natur hatte führen müssen, machte Dreyfus für seine Kollegen zu einer sympathischen Figur.

Paul war ein Problemkind gewesen. Anders konnte man es nicht sagen. Aufgewachsen in der Stadt East Aurora im nördlichen Teil des Staates New York, war er von Anfang an ein katastrophaler Schüler gewesen. Konnte in der zweiten Klasse nicht lesen, bis zur vierten Klasse die Zeit nicht ablesen, wäre in der sechsten Klasse fast sitzengeblieben. Aber es war seine Einstellung zu den Gesetzen der Gesellschaft und der Schwerkraft – eine heftige Abneigung, Dinge zu durchdenken –, die ihn ständig in Schwierigkeiten brachte.

Er liebte es, Schulfenster und Verkehrsschilder mit Steinen zu bombardieren, weil das so großartige Geräusche auslöste. Er brach sich beide Arme, als er kühn mit seinem Fahrrad oben auf einer Steinmauer fuhr. Er zerschmetterte seinem Bruder das Schlüsselbein, indem er von der Garage auf ihn heruntersprang, um ihn zu überraschen. Als er an seinem Geburtstag einen echten Bogen und ein Dutzend gefiederte Pfeile bekam, legte er sich auf den Rücken, hielt den Boden mit seinen Füßen und schoß alle Pfeile, so weit er konnte, auf den Berg hinter ihrem Haus. Er fand nie einen wieder.

»Abwägen, Paul! Abwägen!« sagte sein Vater voller Verzweiflung immer wieder.

Auf der Highschool zeigte Dreyfus große Begabung für Wissenschaft und Mathematik, war aber mehr daran interessiert, Motorräder und alte Golfwagen zu frisieren und mit ihnen auf Sandbahnen Rennen zu fahren, als an Schularbeit. Paul liebte alles, was irgendwie das Ausprobieren von etwas

Neuem einschloß, etwas, das er durch direktes Handeln vollbringen konnte. Er schwänzte während seines ganzen zweiten Semesters auf dem College den Unterricht, um einem Freund zu helfen, dessen Traum vom Bau eines Gemeinschaftsbaumhauses in Vermont zu erfüllen.

Sein Vater, der Dekan für angewandte Mathematik an der Universität von Buffalo, war außer sich. Als Ausgleich für die Vergeudung all dieser Studiengebühren plante Paul eine große Überraschungsparty für seinen Vater und lud eine Menge wichtiger Freunde und Kollegen von der Universität ein. Er bereitete alles selbst vor, und am betreffenden Abend zog er sich an und verkündete seinen Eltern, was bevorstand. Sein Vater dachte eine Minute darüber nach und sagte dann: »Tut mir leid, Paul. Wir haben andere Pläne.« Er und Pauls Mutter gingen aus und ließen Paul zurück, der sehen mußte, wie er zurechtkam: die Gäste empfangen, so gut er konnte, eine Erklärung abgeben und eine Dinnerparty in Abwesenheit des Ehrengastes führen.

Paul war gedemütigt. Und änderte sich für immer, wie sein Vater gehofft hatte. Er ging wieder auf das College und bemühte sich. Er schwor, niemals wieder Dinge einem Impuls folgend zu tun, unüberlegte Entscheidungen um jeden Preis zu vermeiden. Vor allen großen Entscheidungen holte er den Rat von Freunden und Mentoren ein, und dies in einem Ausmaß, daß er manchmal eine Aversion entwickelte, sich auf etwas festzulegen.

Es war dieser Modus Operandi, der Dreyfus seinen Job bei der USGS einbrachte. Er dachte immer lange und intensiv nach und suchte den Rat anderer – vieler anderer –, bevor er den Pfeil verlor.

Die einzige Ausnahme war Mammoth Mountain gewesen. Da hatte er seinem Instinkt nachgegeben, war einem Impuls gefolgt und hatte einen übereilten Alarm gegeben. Das brachte die ganze Schande und Schmach seiner Jugend zurück.

Niemals wieder.

22

Das Blue Moon Café war der beste Platz in der Stadt für Frühstück und Mittagessen. Die Leute kamen, um gut zu essen. Aber so gut es auch war, das Essen war zweitrangig neben den Kaffees, die einfach großartig waren, und der Umgebung. Das Blue Moon Café war der »dritte Platz« in der Stadt, nach dem Zuhause und der Arbeit. Es war der Ort für Kontakte, dafür, sich mit dem Nervensystem der Region zu verbinden. Es war das Internet von Dante's Peak und mehrerer anderer kleiner Städte der Umgebung.

Einige Gäste schworen, daß die Kaffeebegeisterung, die den Nordwesten erfaßt hatte – Gourmet-Kaffeebars an jeder Ecke in jeder Groß- und Kleinstadt –, tatsächlich mit Rachel im Blue Moon Café begonnen habe. Sie sagten, sie sei die erste gewesen, die außerhalb von Jamaika Jamaica Blue Mountain serviert habe. Ungeachtet der Tendenz zu unglaubwürdigen Geschichten im pazifischen Nordwesten, war Rachels Kaffee hervorragend und sicher einer der Katalysatoren für das ausgeprägte Gemeinschaftsgefühl, das in ihrem Café herrschte.

Rachel stand an der Kasse und nahm die Bezahlung für das

Frühstück von Michael und Jessica entgegen – und wurde von beiden kräftig umarmt. Das junge Paar ging fröhlich hinaus. Sie hatten jetzt genug Geld für die Anzahlung auf ihr erstes Haus. Rachel hatte einfach dezent dafür gesorgt, daß sie ein persönliches Darlehen von dem gutmütigen Matthew Hale, einem pensionierten Wertpapierhändler, bekamen, der jeden Morgen der erste Kunde des Cafés war.

Rachel brachte frisch zubereitete Kaffeespezialitäten an den Tisch, an dem Pete Prugo, der Installateur, mit Tony, dem Friseur, und Dick Boyd, dem Autolackvertreiber, saß. Dick hatte ein Pfund einer neuen Sorte Sulawesi mitgebracht, die er von einem Kunden bekommen hatte – ein Geschenk für Rachel.

Dick Boyd, ein kräftiger Mann mit einem buschigen Schnurrbart, rauher Stimme und einem verschmitzten Lächeln, war einer dieser seltenen Menschen, die das System verstanden hatten. Er führte sein Geschäft, unterhielt ein schönes Haus, hatte vier Autos und zwei Kinder auf der Gemeindeschule und eine glückliche Frau und fuhr mit der Familie zweimal im Jahr in Urlaub. Und er hatte dennoch die Zeit und das Geld, all die Dinge zu tun, die er liebte: fischen, Ski laufen, mit seinen Computern spielen und mit seinen Kumpanen in Bars sitzen und Lügen zu erzählen. Er war das Idol vieler strebsamer junger Männer der Stadt.

Ein stämmiger weißbärtiger Mann an einem Tisch bei der Tür gab Rachel mit einem Finger ein Zeichen. Sie ging zu ihm, füllte seine Kaffeetasse nach und gab ihm einen Klaps auf den Rücken. Der Mann – sie kannte ihn als Chief Vincent – nickte seinen Dank. »Man muß an der Haltestelle sein, wenn der Bus kommt«, sagte er. Er beugte sich wieder über seine Arbeit – schrieb wie ein Wahnsinniger in ein liniertes Hauptbuch.

Der Chief war festes Inventar an diesem Tisch, wenn er in der Stadt war. Rachel gab ihm Frühstück oder Lunch umsonst, wenn er knapp bei Kasse war, was fast immer der Fall war.

Im Laufe des vergangenen Jahres hatte Rachel seine Geschichte zusammenbekommen. Vincent Chieffo war eine Kanone als Rechtsanwalt für Strafprozesse in New York gewesen, bis er während eines Sommerausflugs nach Martha's Vineyard allein in einem Kanu auf einem Teich gepaddelt war und eine Art göttliche Erscheinung hatte. Ein gleißendes Licht, wie er sich erinnerte, und ein überwältigender Augenblick von Frieden, in dem er hörte, wie die Stimmen von Mensch und Natur sich miteinander vermischten. Und er war verändert. Er gab seine Anwaltspraxis auf, trennte sich von seiner Familie und kehrte nach Washington State zurück, wo er geboren war.

Jetzt, als »Chief Vincent«, verbrachte er seine Tage und Nächte damit, »Die mündlich überlieferte Geschichte der Bars – Abschnitt eins: Die Cascades« in seine Hauptbücher zu schreiben. Während der Nachmittage vertrieb er sich die Zeit damit, sich in seinem Kanu auf dem einen oder anderen der vielen Seen der Cascades treiben zu lassen. Er wartete wieder auf ein gleißendes Licht, hieß es.

Rachel räumte sein Frühstücksgeschirr ab und stellte es auf den Geschirrwagen, als Harry hereinkam. Rachel war erstaunt, ihn zu sehen.

»Guten Morgen«, sagte Harry.

Rachel nickte höflich, aber es war klar, daß sie wegen der Stadtratssitzung noch ein bißchen verärgert war. Harry nahm an der Theke Platz.

»Kaffee?« fragte Rachel.

»Bitte«, sagte Harry.

»Espresso, Cappuccino, Café Latte«, sagte sie. »Was möchten Sie?«

»Haben Sie einen normalen Kaffee?« fragte er.

Rachel nahm eine Kaffeekanne. »Ich dachte, Sie hätten die Stadt gestern abend verlassen.«

»Ich habe beschlossen zu bleiben«, erwiderte er. »Will sehen, in welche neuen Schwierigkeiten ich mich bringen kann.«

Rachel lächelte fast. Harry schob seine Tasse hinüber. Rachel schenkte ein.

»So«, sagte er, »was ist hier gut?«

»Alles hier ist gut«, antwortete sie und schaute ihn an.

»Au!« sagte Harry und zog seine Hand zurück.

Rachel hatte versehentlich etwas Kaffee verschüttet. »Oh, es tut mir leid«, sagte sie.

Harry brachte ein klägliches Lächeln zustande. »Ich denke, das war dafür, daß ich Ihre Chancen auf Wiederwahl vermasselt habe.«

Rachel lächelte ehrlich. »Ich hab's nicht absichtlich getan«, sagte sie.

»Ich auch nicht«, sagte Harry.

Rachel neigte ihren Kopf und betrachtete ihn einen Augenblick. Dann nickte sie. »Ich weiß.«

»Ich bin immer besser bei der Beurteilung von Vulkanen gewesen als bei der von Menschen und Politik«, sagte Harry. »Jedenfalls tut's mir wirklich leid, wenn ich Ihnen Probleme bereitet habe. Ich wollte nur helfen.«

Rachel stellte die Kaffeekanne zurück auf die Warmhalteplatte und sah ihn nur an. Dann faßte sie einen Entschluß. »Mögen Sie Auberginenlasagne?«

Harry lachte. »Zum Frühstück?«

»Zum Abendessen. Ich lade Sie zum Abendessen ein«, sagte sie. »Um mich so bei Ihnen zu bedanken.«

»Bedanken wofür?« fragte er überrascht.

»Dafür, daß Sie gestern meinem Sohn das Leben gerettet haben«, sagte sie. »Und weil Sie sich um uns gekümmert haben.«

Harry lächelte dankbar.

23

Harry und Terry Jacobs würden die ersten auf dem Berg sein, um sich genauer umzusehen.

Terry war so verschieden von Harry wie Tag und Nacht. Der stämmige Vulkanologe mit den schrillen Hemden war über die eher biedere Disziplin der Ingenieurskunst zur explosiven Wissenschaft gekommen. Er baute Roboter für die NASA an der Carnegie Mellon University in Pittsburgh, als die USGS bei ihm anklopfte. Die USGS hatte einen erdgebundeneren Bedarf an Geländekriechmaschinen als die NASA, aber die Hindernisse waren die gleichen. Sie hatten dahin zu gehen, wo kein Mensch sicher hingehen konnte, und Dinge zurückzubringen.

Terry, Anfang Dreißig und unverheiratet, war der fröhlichste Bursche überhaupt. Er war ein mechanisches Wunderkind, der seinen Traumjob hatte: Konstruktionsbaukästen zum Nulltarif, Transformer in Lebensgröße. Und er hatte immer noch den Humor eines Kindes. Er war auf Scherze spezialisiert und auf Streiche, so daß seine Kollegen immer darauf achten mußten, wohin sie ihre Füße setzten.

Er war dafür bekannt, daß er Ruß auf die Okulare von Ferngläsern gestrichen hatte, die Handtücher im Bad mit Rasierschaum präpariert hatte. Er hatte Schreibtischsessel so hergerichtet, daß sie langsam zu Boden sanken, wenn er oder sie sich darauf setzte, und ihre Computer so programmiert, daß die Maschinen bei der ersten Eingabe hysterisch lachten.

Nancy und Greg revanchierten sich bei ihm, indem sie seine Baseballkappe mit Kontaktkleber bestrichen und seinen persönlichen Ventilator mit Babypuder gefüllt hatten.

Terrys Beitrag zum Team bestand darin, daß er einen zu hohen Level von Reife und damit Gleichgültigkeit verhinderte. Tatsächlich aber verhinderte er, daß sie durch die häufige Grausamkeit und Gefahr ihres Berufs depressiv wurden.

Der Bell 204 Hubschrauber mit Harry und Terry an Bord startete von seiner Basis neben der Trout Springs Ranger Station an der Kreuzung von Rural Route 23 und County Route 12. Es war ein alterndes, grün und orange lackiertes Exemplar, das für den Einsatz bei Holzfällerarbeiten und zur Feuerbekämpfung gechartert wurde.

Der Vertragspilot – »R. Hutcherson« dem Abzeichen auf seiner Bomberjacke zufolge – war schweigsam und anonym hinter seiner pechschwarzen Pilotenbrille, mit der er wie ein Profikiller aussah, als er den Hubschrauber im üblichen Winkel hochzog und mit niedriger Drehzahl über die Rangerstation schwang. Hutcherson bekam viele Aufträge von den Forstrangers und achtete darauf, die Beziehung nicht dadurch zu gefährden, daß er in ihrer Umgebung irgendwelche riskanten Manöver machte.

Nachdem er den Hubschrauber um die Kuppe des ersten Hügels herumgeflogen hatte und außer Sichtweite der Station war, gab er Gas, legte den Chopper auf die Seite und schoß mit unglaublich hoher Geschwindigkeit im Bogen auf einen schmalen Canyon zu. Er steuerte den Hubschrauber zu den steileren Hängen von Dante's Peak, rollte von Seite zu Seite, während sie durch gewundene Schluchten und Canyons flogen.

Harry und Terry sahen sich nur an und zogen ihre Sicherheitsgurte fester. Als sie wieder aufblickten, schoß der Hubschrauber auf eine Granitklippe zu, die so unglaublich hoch und unpassierbar war wie der Half Dome in Yosemite. Hutcherson zog den Knüppel zurück und ließ die winzige Maschine brüllend senkrecht an der Klippe hochsteigen und dann wie in einem Teufelsritt über die Spitze.

»Wo haben Sie so fliegen gelernt?« erkundigte sich Harry, nachdem es wieder ruhiger geworden war.

»Vietnam«, sagte Hutcherson. »Hmong Hills. Genau wie hier – ein falscher Schlenker und man ist hin.« Er lachte rauh. Dann schüttelte ihn ein kurzer Anfall von Raucherhusten. Beruhigte sich dann.

»Ich sollte Sie warnen«, sagte Harry, »wenn wir den Vulkan erreichen ...«

»Ich weiß. Keine Sorge. Kenn ich«, sagte Hutcherson. »Heiße Aufwinde, winzige Ausbrüche, Asche, giftige Gase – bin schon Vulkane geflogen. Ich war über Mount St. Helen's. Bis auf den Tag, als er hochging. Hatte Grippe. Sonst wär ich tot.« Er lachte wieder, hörte aber schnell auf, als er sich an die schreckliche Kraft erinnerte, die an dem Tag entfesselt war.

Harry beschloß, nichts mehr zu sagen. Er hatte lieber einen etwas tollkühnen guten Piloten als einen phantasielosen Anfänger, falls es Probleme gab.

Der Helikopter legte sich nahe dem Gipfel von Dante's Peak in die Kurve.

Ein COSPEC im Hubschrauber las die Gaswerte. Ein COSPEC war ein Spektrometer, der das Licht über Rissen und Spalten analysierte und nach typischen Wellenlängen von CO_2, SO_2 und anderen vielsagenden vulkanischen Gasen suchte. Harry und Terry verfolgten die Auswertung.

Harry gab Pilot Hutcherson neue Richtungsweisungen. »Okay, sehen wir uns mal diese Spalte dort an«, sagte er und deutete in die Richtung. »So tief, wie Sie rankönnen, und dann in die Caldera.«

Jetzt waren die Rollen vertauscht. Harry verlangte, über den Krater zu fliegen, was bewirkte, daß die Hoden des Piloten sich zusammenzogen und ihm mulmig im Magen wurde. Aber das würde er natürlich nie zugeben. »Wenn ich während meiner Mittagspause durcharbeite«, sagte er verärgert, »sind das Überstunden.«

Terry knurrte: »Machen Sie's einfach.«

R. Hutcherson war eingeschüchtert. Der Hubschrauber legte sich wieder in die Kurve und schoß in die tiefe Schlucht.

Harry und Terry beobachteten ihre Instrumente, blickten alle paar Sekunden auf. Hutcherson schaute unverwandt auf den Riß, erwartete Anweisungen, über mögliche überhitzte Gasschlote zu fliegen. Keiner der drei sah, was direkt vor und unter dem Hubschrauber geschah, während sie darüber hinwegflogen.

Für einen Augenblick stand eine Felsformation so, wie sie

seit Jahrtausenden gestanden hatte, unbeweglich, unveränderlich. Im nächsten Moment erzitterte der Bereich und der Fels begann zu platzen. Die Formation zerfiel wie Wasser, hinterließ eine rohe, blasse Wunde in der Felsspitze. Die Männer, die unmittelbar darüber in dem dröhnenden Hubschrauber saßen, konnten das weder sehen noch hören.

Terry und Harry verfolgten die Gasmessungen weiter.

»Also, du bist der Mann mit den Instinkten«, sagte Terry.

»Einiges an Schwefeldioxidemissionen«, sagte Harry, »aber nicht so viel, daß man sich Sorgen machen müßte.« Er blickte auf den Krater, während der Hubschrauber über den Spalt flog und abzuloopen begann. »Sieht okay aus.«

Hutcherson wartete ein paar Herzschläge lang auf neue Richtungsanweisungen. Da er keine hörte, stieß er einen lautlosen Seufzer der Erleichterung aus und ließ die Maschine steil nach unten schießen. Sie rasten mit heulendem Motor an einer senkrechten Wand hinunter und rasten im Sturzflug in ein breites Tal, ließen den Schlund der Hölle hinter sich.

24

Rachels Heim war nicht typisch für den Stil von Martha Stewart Country. Nicht zueinander passende Möbel konkurrierten mit Kinderspielzeug und Schul- und Sportutensilien, die den kostbaren Raum in dem bescheidenen Haus mit drei Schlafzimmern vollstopften.

Im Wohnzimmer standen indianische Cochinapuppen auf dem Schrank aus der Pionierzeit, der mit Laurens Sammlungen von Plastikpferden, Stofftieren und anderen Figuren gefüllt war. Gegenüber dem Schrank erhob sich die elegante Reproduktion eines englischen Highboy aus dem 19. Jahrhundert neben einem Eames-Sessel aus zweiter Hand. Diese beiden hatte Rachel vor drei Jahren bei Karen Pole gekauft, um ihr Starthilfe zu geben, als sie ihr Geschäft eröffnete. Und sie hatte versprochen, die beiden nicht nebeneinanderzustellen.

Das Abendessen war vorbei. Rachel machte Kaffee. Harry zeigte Graham und Lauren auf dem Tisch einen Trick mit umfallenden Dominosteinen. Harry schwenkte einen imaginären Zauberstab über die schwarzen Steine, und sie begannen, scheinbar ohne Berührung, umzufallen. Die Kinder waren mißtrauisch und lächelten. Rachel, die ihnen von der anderen Seite des Zimmers aus zusah, lächelte über die Reaktion der Kinder.

»Ich habe euch etwas mitgebracht«, sagte Harry und zog ein Päckchen heraus. »Ein Spiel, das zuerst in alten ägyptischen Tempeln gefunden wurde, muß an die 5 93

000 Jahre alt sein …« Die Kinder bekamen große Augen.

Grillen sangen ringsum, während Rachel und Harry draußen auf der Veranda im Dunkeln Kaffee tranken.

Die Kinder waren drinnen und versuchten, das Spiel zu spielen, das Harry mitgebracht hatte – ein Spiel namens Mancala, und das für sie wirklich neu war. Bisher hatten sie weder das hölzerne Spielbrett zerbrochen noch einen der Glasspielsteine verloren oder verschluckt oder einander umgebracht.

»Ich weiß, daß es nur eine kleine Stadt ist«, sagte Rachel zu Harry, »aber ich kann mir nicht vorstellen, irgendwo anders zu leben. Ich bin hier aufgewachsen. Hier zur Schule gegangen.«

»Hier geheiratet?« fragte Harry.

Rachel nickte traurig.

Harry ließ ihr Zeit, ob sie darüber sprechen wollte oder nicht. Er trank aus seiner Kaffeetasse und lauschte den Grillen.

»Brian und ich waren noch Kinder, als wir heirateten«, sagte sie. »Wir haben seit einiger Zeit nichts von ihm gehört.« Sie lachte traurig auf. »Einige Zeit – sind sechs Jahre.«

Wieder Grillen.

»Man wird sie nie dazu bringen, es zuzugeben«, sagte Rachel, »aber ich glaube, daß auch Ruth nicht weiß, wo er ist.«

»Scheint, als kämen Sie ganz gut zurecht«, sagte Harry.

»Hat eine Weile gebraucht, aber ja«, sagte Rachel, »... die Kinder und ich kommen zurecht.«

Rachel fühlte sich wohl mit diesem Mann. Sie merkte, daß sie den Drang verspürte – dem sie sich widersetzte –, ihm die ganze Geschichte ihrer unglücklichen Ehe zu erzählen. Wie genau in dem Augenblick, als sich in ihrem jungen Leben alles richtig zu fügen schien, es tatsächlich zusammenbrach.

Rachel hatte ihren Abschluß am Hood College in Oregon gemacht, war voller Energie und erfüllt von dem Wunsch, alles auf einmal zu machen. Sie hatte als Hauptfach Verwaltungslehre studiert, und sie ging nach Washington, D. C., um im Büro ihres Kongreßabgeordneten zu arbeiten, erfüllt von dem Wunsch zu dienen. Ihre Aufgabe war, sich mit Gesetzen zu befassen. Sie verbrachte ihre Tage eingepfercht in ihrem Büro, in der Bibliothek, am Telefon, prüfte den ständigen Strom von Vorschlägen, welche die Interessengruppen von Holzwirtschaft und Bergbau ihrem Kongreßabgeordneten zur Rückenstärkung schickten.

Sie wurde verrückt.

Die meisten der Männer, die ihr nachstellten – in einer Stadt, wo das Verhältnis von alleinstehenden Frauen zu alleinstehenden Männern drei zu eins war –, waren verheiratet. Die ungebundenen Männer, die sie kennenlernte, waren überambitionierte Arbeitstiere, die nach einer Privatsekretärin suchten, mit der sie auch Sex haben konnten.

Ihre Mitbewohnerin wurde überfallen und beraubt. Das reichte.

Rachel half ihr, ihre Koffer zu packen. Und dann packte sie impulsiv ihre eigenen Sachen und ging mit ihr, um in die Fremdenlegion einzutreten, wie sie es nannten. Was bedeutet, sie verpflichteten sich bei der TWA, um Stewardessen zu werden und die Welt zu sehen.

Es war Rachels Zeit auf der Sonnenseite des Lebens. Sie hatte ihre Glückssträhne. Sie wohnte in jedem eleganten Hotel von Djibouti bis Djakarta, feierte in allen Hauptstädten der Welt in jeder Bar, jedem Club, der in und schick war. Sie hatte Wein und Spaß und mehr Liebesgeschichten, als ein anständiges Mädchen zugeben würde.

Sie wurde dessen überdrüssig und hatte gerade Vorbereitungen getroffen, sich in Seattle niederzulassen, um ihrer Heimatstadt in den Bergen näher zu sein, als sie Brian kennenlernte. Brian war Möbeltischler, kam aus einer Stadt im selben Teil der Cascades und versuchte in Seattle, ein Exportgeschäft mit handgefertigten Möbeln zum Laufen zu bringen.

Sie verfielen einander so heftig und absolut, wie es zwei Menschen eben können. Es stimmte einfach alles. Nach vier Wochen zogen sie zusammen und waren drei Monate später verheiratet. Graham kam sehr schnell, und Rachel überredete Brian, zurück in die Berge zu ziehen.

Er war verliebt, er war ein verantwortungsbewußter junger Mann, und so schluckte er das und tat es. Er verlegte seine Tischlerwerkstatt nach Dante's Peak, zeugte eine Tochter, brachte das Geld nach Hause und liebte seine Familie.

Aber das alles hatte seinen Preis. In Wahrheit haßte Brian Kleinstädte. Als er Rachel heiratete, glaubte er, ein Stadtmädchen zu heiraten, eine Seelengefährtin, die hinausgehen wollte, um mit ihm die weite Welt herauszufordern. Statt dessen gab er seine großen Träume auf und kehrte ins Fegefeuer zurück. Es konnte nicht von Dauer sein. Und so war es auch.

»Was ist mit Ihnen?« fragte Rachel Harry. »Waren Sie je verheiratet?«

»Nein«, sagte er. »Nie ...«

»Wieso?«

»Nun ja, zum einen«, sagte er, »bin ich viel unterwegs – Kolumbien, Guatemala, Philippinen, Mexiko, Neuguinea, Neuseeland – wo immer es einen Vulkan mit Verhaltensproblemen gibt. Macht's schwer, seßhaft zu werden.«

»Je eine Beziehung gehabt?«

Harry antwortete nicht sofort. Der Schmerz zeigte sich in seinem Gesicht. »Ja«, sagte er. »Einmal.«

»Heikles Thema?« fragte Rachel.

»Sie hieß Marianne«, erzählte er. »Wir arbeiteten zusammen. Sie liebte Vulkane, sie faszinierten sie, und sie liebte das Leben – mehr vielleicht sogar als mich. Vor fünf Jahren brach ein Vulkan namens Galeras in Kolumbien aus. Marianne und ich glaubten, wir hätten genug Zeit, wegzukommen, aber unglücklicherweise irrten wir uns ... Wir blieben zu lange, um uns die Schau anzusehen. Marianne kam ums Leben.«

»Das tut mir leid«, sagte Rachel.

»Es ist verrückt, bei Vulkanen etwas zu riskieren«, sagte Harry. »Es gibt zu viele Möglichkeiten, zu verlieren.« Er starrte zu dem Berg hoch. »Wenn er ausbricht wie der Mount St. Helen's, wäre die Explosionswelle in einer Minute hier.«

»Ich hoffe, Sie irren sich mit unserem Vulkan, Harry«, sagte sie. »Aber wenn nicht, nun ja ... ich bin froh, daß Sie hier sind.«

Harry lächelte.

25

Ein Restaurant gab es in Cluster's Motel nicht. Cluster hatte für seine Motelgäste an der Rezeption eine Schachtel mit alten Krapfen und eine Kanne abgestandenen Kaffee.

Rachels Landcruiser rollte auf den Parkplatz. Sie stieg aus, trug einen Karton voller Kaffeearten in Einwegtassen. Clusters Kaffee entsprach nicht ihren Vorstellungen von Gastfreundschaft.

Das mit Kiefernholz verkleidete Konferenzzimmer des Motels war vorübergehend in ein Observatorium umgewandelt worden – der Gefechtsstand der USGS.

Ein Videomonitor zeigte ausschließlich Wettersatelliteninformationen an. Auf einem anderen liefen infrarote Satellitenbilder über thermale Aktivitäten.

Neben dem Gemälde mit der Gebirgslandschaft waren detaillierte topographische Geländekarten des Gebietes an die Wände geklebt. Verschiedene Meßinstrumente waren auf Tischen aufgestellt worden oder ruhten noch in ihren speziellen Metallkisten, die mit Schaumstoff gepolstert waren.

Das ganze Team war da, packte aus und arbeitete bereits an den großen, leistungsstarken Laptops. Harry und Terry, die sich für den Aufbruch bereitmachten, sprachen mit Stan.

»Wir haben fünf Seismometer mitgebracht«, sagte Stan. »Denkst du, das reicht?«

»Würde ich sagen«, erwiderte Harry.

In diesem Moment kam Rachel mit ihrem Karton mit dem heißen Kaffee herein. Sie und Harry freuten sich offensichtlich, einander zu sehen.

»Guten Morgen«, sagte er.

»Guten Morgen, Harry«, sagte sie. »Ich dachte, Sie hätten vielleicht gern Kaffee. Ich weiß nicht, welche Art Kaffee ihr mögt. Ich hab einfach für alle Cappuccino gemacht. Und Sie trinken normal, richtig?«

Terry bemerkte den Blick zwischen Harry und Rachel, als sie ihm seinen Kaffee reichte. Er lächelte und versetzte Harry einen verspielten Knuff. Harry funkelte ihn an und versuchte zugleich, völlig unschuldig dreinzuschauen.

Greg, der den Kaffeeduft durch den ganzen Raum roch, eilte wie von einem Magnet angezogen zu Rachel. »Ich habe Entzugserscheinungen, Mann«, sagte er, wobei seine Augen einen seraphischen Glanz bekamen, einem Opiumsüchtigen gleich, der die Pfeife riecht. »Ich brauche einen guten Schuß«, sagte er mit einem Grinsen. »Was für eine Kaffeemaschine benutzen Sie?«

»Gaggia«, sagte Rachel.

Greg nickte. Wie ein Weinkoster nahm er einen Schluck von seinem Kaffee. »Woher beziehen Sie Ihre Bohnen?« fragte er beiläufig.

»Doktor Espresso in Berkeley«, sagte Rachel, die auf den

Urteilsspruch wartete. Es gab niemand, der strenger war als ein echter Kaffeegenießer.

»Sie bewahren die Bohnen im Kühlschrank auf?« sagte Greg, wieder beiläufig.

»Niemals«, erwiderte Rachel. »Legen Sie nie Kaffee in den Kühlschrank. Die Bohnen verlieren ihr ganzes Öl.«

Sie wußte, daß es ein Test war. Und sie bestand ihn. Greg lächelte und wandte sich an Harry.

»Vielleicht wär's die Stadt doch wert, gerettet zu werden«, sagte er.

26

Harry, Terry, Stan und Nancy waren alle oben auf dem Berg und arbeiteten in einem der zehn Bereiche von Dante's Peak, die in ihrem Spielplan für Verdrahtung, Mikrofonbestükkung, Bandaufnahmen oder elektronisches Riechen vorgesehen waren.

Diese Stelle war eine Flanke des Berges, etwa auf halber Höhe des Gipfels, an einem nach Nordosten gerichteten Hang, von dem aus es keine Blickverbindung – und deshalb auch keine klaren Funktelemetrielinien – zum Außenhauptquartier der USGS unten in Cluster's Motel gab. Sie brauchten das nicht. Zur Datenübertragung hatten sie einen Satellitentransponder auf einem Felsvorsprung aufgestellt, der mit einem Neigungsmesser, Spannungsmesser und einem seismischen Verstärker verbunden war.

Terry schaute zu, wie Harry ein Seismometer, ein Gerät, das Erdunruhen aufzeichnete – Erdbeben, Nuklearexplosionen und in diesem Fall vulkanisches Zittern –, in das flache Loch setzte, das er gegraben hatte. Das Seismometer sah wie ein tennisballgroßer »Krug« aus, aus dessen Oberteil ein Kabel ragte. Er stopfte Erde fest um das Gerät und bedeckte es völlig, drückte es so hinunter, daß es sich absolut nicht bewegen konnte. Er verlegte das Kabel über den Boden zu dem Verstärker und klemmte es an den Transponder.

»Nette Frau, diese Rachel«, sagte Terry, während sie arbeiteten. »Die bestaussehende Bürgermeisterin, die ich je gesehen habe.«

»Das sollte genügen«, sagte Harry, der Terrys Bemerkung ignorierte. Er überprüfte die Verbindungen und schaltete den Strom ein. »Schau's dir mal an.«

Terry stieg dahin, wo Stan auf einem höherliegenden Felsen hockte und den armierten Laptopcomputer anschloß. Harry wartete, bis Stan ein gleichmäßiges Signal von den Instrumenten bekam. Stan gab ihm ein Zeichen. Harry trat fest mit dem Fuß auf den Boden. Auf dem Computerbildschirm, über den gleichmäßig ruhig eine horizontale seismische Linie zog, war eine kleine Spitze zu sehen, eine Reaktion auf Harrys Fußtritt.

»Perfecto!« rief Stan. »Wenn dieser Berg wirklich zittert, werden wir's wissen.«

Stan Tzima schien die Schufterei, die mit seinem Job verbunden war, nichts auszumachen – dieses Schleppen, Zusammenbauen, Graben, Beobachten und Laufen. Er wurde niemals müde und beklagte sich nie. Es war eine Charaktereigenschaft, die aus seiner Vergangenheit herrührte.

Stan Tzima war in einer traditionellen chinesisch-amerikanischen Familie in der Bay-Region aufgewachsen. Er war das mittlere Kind einer Familie mit neun Kindern. Stan war, wie all seine Geschwister, ein hervorragender Schüler. Während seines ersten Jahres auf der High School glänzte er in allen Fächern. Und dann wurde er unerklärlicherweise ein Gangster im San-Francisco-Chinatown-Stil. Er rauchte und dealte mit Stoff und schwor der Black Hand, einer jungen Tonggruppe, Loyalität.

Als er verhaftet und verurteilt wurde – und Bewährung erhielt –, war die einzige Erklärung, die er seinem Vater geben konnte, daß er sich verpflichtet fühle, etwas anderes als er selbst zu werden.

Schön, sagte sein Vater. Du bist Stahlarbeiter.

Stans Buße war ein verschärftes zweijähriges Arbeitspensum in den Fontana Steel Mills in Südkalifornien in den Jahren, bevor die amerikanische Stahlproduktion durch überseeische Stahlproduktion ruiniert wurde.

Er wurde als Ingowalzer eingesetzt, hatte Schwerarbeit an den offenen Öfen zu verrichten. Es war eine brutale Arbeit – unvorstellbar heiß, anstrengend und gefährlich.

Und ihm wurde schnell bewußt, daß ihr der intellektuelle Gehalt fehlte, den er bei seiner alltäglichen Arbeit brauchte. Doch neben einer guten Lektion über die harte Wirklichkeit des realen Lebens brachte ihm das noch etwas anderes. Er stellte fest, daß das Verhalten von geschmolzenem Eisen und Kohle und anderen Stoffen ihn fesselte.

Er begann als Autodidakt Metallurgie zu lesen. Und als er sein zweijähriges Fegefeuer in Fontana verließ, immatrikulierte er sich an der Colorado School of Mines. Er erkannte, daß die wirtschaftliche Verwendung von Erzen und Metallen ihn nicht so sehr interessierte, dafür aber ihre natürliche Herkunft und Evolution.

Von da an dauerte es nicht lange, bis er den Wunsch hatte zu beobachten, wie Mineralien in ihrer ursprünglichen Form aus der tiefen Erde kamen. Der Weg vom Bergbauingenieur zur Vulkanologie.

Sein Vater umarmte ihn als erster, als er mit seiner Doktorwürde in Geophysik vom Podium kam. Und sein Vater bestand darauf, als Paul Dreyfus ihm eine Stelle anbot, daß der junge Mann Dreyfus nichts von seiner bewegten Vergangenheit verschwieg. Dreyfus lächelte nachsichtig und hieß den Sünder an Bord willkommen.

Harry und die anderen begannen, die Instrumentenkoffer zusammenzupacken und sie hinunter zu dem Van zu schleppen. Der Berg war jetzt verdrahtet.

Neben weiteren Seismometern hatten sie Neigungsmesser installiert, um selbst die kleinste Winkelveränderung des Bodens messen zu können, außerdem Laserrezeptoren, um jede Veränderung der Größe des Berges zu beobachten. Und das war erst die Oberfläche der Bestie. Sie mußten noch in seinen Schlund schauen und dort weitere Instrumente hineinstecken.

Die Bewegung der Magma in den gigantischen Hohlräumen im Bauche der Bestie war das, was sie verfolgen mußten. Reihen von Beben, die aus verschiedenen Teilen der Erde unter dem Berg ihren Ursprung hatten, Deformationen der Oberfläche der Caldera – diese Dinge bedeuteten, daß Magma nahe der Oberfläche war, sich bewegte. Eine Eruption konnte bevorstehen.

Im Jahr zuvor hatten ihre Instrumente auf dem Mount Akautan in Alaska schon am dritten Tag ihres Aufenthalts dort 1700 kleine Erdbeben registriert. Zweitausend Grad heiße geschmolzene Magma bewegte sich gewaltig. Sie stuften diesen rauchenden Berg auf den Aleuten auf Code Orange, Level B ein, den zweithöchsten. Was bedeutete, daß er jederzeit ausbrechen konnte. Und dann zogen sie sich schnell auf sichere Entfernung zurück.

Während Terry Harry half, einen Rucksack zu packen, versuchte er es mit einem direkteren Weg. »Und wie war das Essen gestern abend?« fragte er.

Harry arbeitete weiter. »Tu mir einen Gefallen, Terry«, sagte er. »Versuch nicht, für mich etwas zu arrangieren.«

»Ich habe einen guten Geschmack bei Frauen«, sagte er. »Wann habe ich dich je auf den falschen Kurs gebracht?«

»Und was war mit Astrid?« fragte Harry.

»Ich dachte, ihr hättet viel gemeinsam«, erwiderte Terry. »Sie sagte, sie sei ganz verrückt nach Steinen.«

»Nach Kristallen«, sagte Harry. »Kristalle. Nicht Steine.«

Terry zuckte die Schultern. Wer hätte das wissen sollen?

27

Harry, Nancy und Stan standen auf dem Parkplatz von Cluster's Motel zusammen und schauten zu, wie Terry Spider Legs seine Übungsschritte vor dem Einsatz machen ließ.

Rachels Landcruiser kam herangefahren.

Sie winkte, parkte. Sie nahm den Karton mit dem Kaffee aus dem Wagen. Das Team war zwar erst seit drei Tagen dort, aber sie wußte bereits genau, was jeder bevorzugte. Sie ging von einem zum anderen und teilte gastfreundlich aus: »Koffeinfreier Espresso ... doppelter Cappuccino ... Filterkaffee ohne Milch ... doppelter Latte ... einfacher Espresso ...« Sie suchte nach Greg und Dreyfus.

Drinnen, im provisorischen Observatorium, saßen Dreyfus und Greg vor den Videomonitoren und beobachteten die Bilder, die Spider Legs von draußen sendete. Greg sprang aufgeregt auf, als Rachel auf einem der Monitore auftauchte.

»Ist Kaffeezeit!« rief er. Er eilte hinaus. Dreyfus blieb kopfschüttelnd zurück.

Rachel sah Greg aus der Tür stürmen. Sie reichte dem begeisterten Kaffeephilen seinen eigens für ihn zubereiteten Filterkaffee-ohne-Milch, Costa Rica Tres Rios Double-Dark Roast. Er nahm den Deckel ab und schnupperte. Und stürzte wieder ins Haus, um ihn zu trinken.

Rachel wurde wieder ganz Bürgermeisterin und fragte Nancy nach dem neuesten Stand der Dinge, während diese ihren Kaffee genoß. »Und wie sieht's aus?« fragte sie.

»Wir haben zwischen fünfundzwanzig und fünfundsiebzig Erdbeben pro Tag registriert«, sagte Nancy sachlich.

Rachel geriet in Panik. »Oh mein Gott!« sagte sie und ließ fast das Kaffeetablett fallen. Harry lachte und hielt es fest.

»Kein Grund zur Sorge. Das sind Mikrobeben«, sagte Stan. »Die finden ständig statt.«

Rachel warf ihm einen fragenden Blick zu. »Oh, danke dafür«, sagte sie. Sie sah Spider Legs an. »Wozu ist dieses Ding da?« fragte sie Harry.

»Spider Legs«, erklärte Harry, »wurde entworfen, um dorthin zu gehen, wo es für uns gefährlich ist.«

»Er wird sehr heiße Gase aus Fumarolen sammeln und analysieren«, sagte Terry, »und Bilder zu unserer Basis senden.«

»Spider Legs«, sagte Rachel nachdenklich. Fumarolen?

Der Roboter, der weitergegangen war, blieb abrupt stehen und wandte sich ihr abrupt zu, gerade so, als ob er gehört habe, daß sie seinen Namen genannt hatte. Rachels Augen wurden groß. Terry, der ihn steuerte, grinste.

Drinnen bediente Greg die drei Kameras von Spider Legs, betätigte die Fernsteuerung, um das gesamte Blickfeld des Gerätes zu testen. Alles lief gut, als Terry die schlaksige Maschine am Rand des Parkplatzes vorbeisteuerte, dann über eine Böschung und einen von Kiefernnadeln übersäten Hügel hinauf. Aber plötzlich wurden die Bilder schief, wackelten, blieben auf dasselbe Stück Landschaft gerichtet.

Dreyfus knurrte, stand auf und ging zur Tür.

Als er aus der Tür des Motels kam, konnte er Spider Legs am anderen Ende des Parkplatzes sehen. Er steckte fest und schlug mit den Beinen um sich. Auf einem nicht sehr hohen Hügel. Dreyfus ging zu den versammelten Wissenschaftlern hinüber.

»Was ist diesmal das Problem?« fragte Dreyfus.

»Kein Problem«, sagte Terry und stieg zu der aufsässigen Maschine auf den Hügel. Wieder versetzte er Spider Legs einen kräftigen Tritt in die Hinterseite und, presto, er funktionierte wieder. Alle lachten. Außer Dreyfus.

»Wenn das Ding dauernd Schwierigkeiten macht«, sagte er, »möchte ich's nicht da oben haben.«

»Das Problem ist E. L. F.«, sagte Terry, wobei er dem rechteckigen Kasten auf dem Rücken von Spider Legs einen Knuff versetzte. Es war der Extra Low Frequency Transmitter der

NASA, das Gerät, das Gestein durchstrahlen konnte und dazu bestimmt war, das Innere des Mars zu erforschen. »Ich werde das ein für allemal richten«, sagte er. »Dreht euch alle um. Los schon, dreht euch um ... nicht hinschauen.«

Sie alle drehten sich kurz um, bis auf Dreyfus. Dann machten sie wieder kehrt und sahen, wie Terry einen Schraubenschlüssel aus seiner Jacke zog und damit begann, den kleinen, aber schweren Transmitter von Spider Legs Rücken abzumontieren.

»Vergiß bloß nicht, das verdammte Ding wieder draufzusetzen, bevor es die NASA merkt«, sagte Dreyfus. Schließlich hing davon die Zuwendung der dringend benötigten Mittel ab.

Terry entfernte das E. L. F. und verstaute es in einer Kiste. Nancy brachte sie fort.

Terry tätschelte den schlanker gewordenen Spider Legs. »Und was sagst du nun, alter Junge? Bereit, dir die Gegend anzusehen?«

28

Bis auf Harry und Terry hockte das ganze Team vor den Videomonitoren im Motelhauptquartier. Es war Zeit für Spider Legs anzufangen oder den Mund zu halten. Während das Team gebannt beobachtete, erschienen auf den Bildschirmen Videobilder von dem Steilhang in Dante's Krater. Sie wurden von dem Roboter gesendet, der über das zerklüftete, von Asche und teilweise von Schnee und Eis bedeckte Terrain kroch.

Greg bediente die Kontrollen des Roboters hier unten vom Motel aus. Die zuschauenden Wissenschaftler nickten beifällig.

Dreyfus sprach in das Funkmikrofon. »Kommt kristallklar rein«, sagte er.

Oben, auf dem verschneiten Berggipfel, antworteten Harry und Terry. Sie hockten unmittelbar am Rand des Kraters und blickten auf Spider Legs herab, der mehrere hundert Meter tiefer schwerfällig seinen Weg ging.

Auf einem Felsvorsprung direkt neben ihnen hatten Harry und Terry eine Mikrowellensatellitenantenne installiert, so daß Spider Legs Bilder direkt zu Dreyfus senden konnte.

Harry und Terry lächelten ermutigt, während sie zuschauten, wie Spider Legs tief unter ihnen weitermarschierte. Offensichtlich hatte das Entfernen des E. L. F. geholfen.

»Terry«, hörte er Dreyfus in seinen Kopfhörern sagen, »sieht aus, als ob er endlich einwandfrei arbeiten würde.«

»Mann, nun sieh dir an, wie der läuft«, sagte Terry. »Hat fünfundzwanzig Pfund häßliches Fett verloren. Da kommt keiner mit.«

Zwei der Gründe dafür, warum Spider Legs in den Krater hinunterstapfte und nicht Terry und Harry, war die naheliegende Gefahr, daß kochend heißer Dampf aus Spalten schoß, und die Gefahr einer plötzlichen Lavaeruption, während die Männer sich auf der Kuppel bewegten, dieser dünnen Kruste von erstarrtem Basalt, die den Magmasee überdeckte. Der dritte Grund war, daß Proben von Gasen entnommen und analysiert werden mußten, von denen die meisten für Menschen nicht gerade angenehm waren: unter anderem Chlor, Schwefeldioxid, Fluor und Kohlendioxid.

Harry und das Team mußten vor allem die Veränderungen in der Zusammensetzung der ausgestoßenen Gase verfolgen. Wenn schwerere Gase wie Schwefeldioxid vorherrschten, bedeutete dies, daß das Magmareservoir unter dem Vulkan relativ alt und träge und die Wahrscheinlichkeit einer Eruption gering war. Begannen sich aber leichtere, flüchtigere Gase wie Wasserdampf und Kohlendioxid in größeren Mengen zu zeigen, deutete das auf den Aufstieg frischer Magma unter Druck hin. Frisches Magma war das fließende, sich wälzende, gefährliche Zeug, das Dante's Peak in Dante's Inferno verwandeln konnte.

Unten im Krater baute Spider Legs wieder Scheiße, gerade so, als ob er den Mut der Leute testen wollte, die ihn steuerten. Das gleiche war vorher schon passiert – die Rahmen ausgestreckt, die Beine schlagend. Offensichtlich war etwas anderes als das zusätzliche Gewicht des E. L. F. die Ursache dafür, ein Konstruktionsfehler, den sie nicht bemerkt hatten.

»Toll, einfach toll«, sagte Terry, griff nach einer Gasmaske und begann, sich zum Rand des Abhanges zu bewegen. »Und los geht's wieder mal.«

Terry war im Begriff, sich einem vierten Grund zu stellen, warum nur Roboter und nicht Menschen in den Kratern tätiger Vulkane herumlaufen sollten.

Dreyfus und Nancy schüttelten in dem Behelfsobservatorium die Köpfe, während sie die Monitore beobachteten.

»Terrys Meisterwerk ist ein Schrotthaufen«, sagte Dreyfus.

Hinter ihnen, auf dem langen Tisch, schlugen die Nadeln der Seismographen aus. Die kleinen Krüge, die Harry überall auf Dante's Peak vergraben hatte, sendeten pflichtbewußt Signale zunehmender unterirdischer Aktivität.

Niemand bemerkte das. Alle Blicke waren auf die jetzt unbewegten Bilder des Geländes gerichtet, die aus den drei Kameras von Spider Legs kamen. Und alle warteten auf Bilder von Terry, der von oben herabkletterte.

Harry beobachtete vom Kraterrand aus, wie Terry an der steilen, rutschigen Seite der Schüssel zu der Stelle hinabstieg, an der Spider Legs festsaß. Terry bewegte sich sehr vorsichtig vorwärts und hielt aus einer mächtigen Gasmaske, die mit Mikrofon und Sender ausgestattet war, Ausschau. Die Böschung wurde noch steiler, und der Weg zu Spider Legs führte unter einem Felsüberhang hindurch.

Terry erreichte die Stelle, an welcher der Roboter festsaß und mit den Beinen schlug. Sie befand sich direkt am Rand eines inneren Kraters. Er versetzte ihm einen Tritt.

Spider Legs begann zu laufen. Terry riß triumphierend die Arme hoch. Harry lächelte. Dann blieb Spider Legs wieder stehen. Unerklärlicherweise.

Terry murmelte ins Mikrofon. »Ich denk, der versucht absichtlich, mich zu verarschen.«

»Terry«, sagte Harry, »vielleicht solltest du Spider Legs vergessen und wieder hochkommen.«

Dieses Baby vergessen? Terry ignorierte den Rat und begann, zu Spider Legs zu klettern. Er knurrte: »Für die vierhundertfünfzigtausend Dollar, die dieses Ding uns gekostet hat«, sagte er, »müßte es doch imstande sein, auf seinem elenden Kopf zu stehen und dabei die Nationalhymne zu furzen.«

Harry fühlte sich unwohl, obwohl er über Terrys Bemerkung lächelte. »Sei bloß vorsichtig da unten, Terry«, sagte er. »Riskiere nichts.«

In dem provisorischen Observatorium klebten alle an den

Monitoren. Aber dann richtete Nancy, deren Rücken steif wurde, sich auf, um sich zu strecken. Sie warf einen Blick auf die Seismographen.

»Paul?« sagte sie. »Irgendwas geschieht da.«

Dreyfus wirbelte herum und schaute auf die Seismographennadeln, die wild tanzten. Aktivität, ja, aber keine ernste. Aufforderung zur Beurteilung. Er sagte zu Stan: »Was meinst du?«

»Das sind kleine Beben«, sagte Stan. »Mikros.«

Was sie aus den Winkeln nicht sehen konnten, welche die drei Kameras von Spider Legs lieferte, war der Felsüberhang, der schwere Basaltvorsprung, der über Terry und Spider Legs aufragte.

Dreyfus, noch immer unentschlossen, griff nach dem Mikrofon. »Vielleicht sollte ich ihnen sagen, daß sie Schluß machen sollen«, überlegte er laut. »Harry? ...« sagte er in das Mikrofon. »Harry? ...«

Keine Antwort.

Harry, der versuchte, Terry im Blickfeld zu behalten, bewegte sich längs dem Kraterrand. Durch die Erschütterung beim Laufen löste er statisches Rauschen in seinen Kopfhörern aus. Terry, der unter ihm war, bewegte sich direkt auf den Felsvorsprung zu, bog zu Spider Legs ab.

Harry sprach in sein Mikrofon. »Was war das, Paul? Ich hab' dich nicht verstanden.«

In diesem Moment erschütterte ein Erdstoß – ein kleiner Erdstoß – den Krater.

Er war gerade stark genug, um den Vorsprung von Fels und Eis über Terrys Kopf zu lösen. Terry blieb nur soviel Zeit, um hochzuschauen, als er abbrach, und dann verschwand er unter den Trümmern. Spider Legs flog weg. Zwei seiner Kameras wurden zerschmettert.

Oben, auf dem Kraterrand, schrie Harry in sein Funkgerät: »Terry! ... Terry! ...«

Alles, was sie auf den Monitoren im Motel sehen konnten, war ein Durcheinander von herabstürzenden Felsen, Lichtblitzen und dunklen Flecken, als Spider Legs getroffen wurde und wankte.

29

Da Spider Legs auf der Seite lag und nur eine Kamera funktionierte, kam das Bild, das er sendete, nur in einem verrückten, völlig schiefen Winkel an. Und was Dreyfus, Nancy und Greg aus der Warte sehen konnten, war wirklich begrenzt. Aber es war genug, um zu wissen, daß Terry Probleme hatte.

Dreyfus bellte ins Mikrofon: »Harry, was ist los?«

Harry lief seitwärts über den Rand, starrte in das staubige Chaos unter sich und hoffte, einen Blick von Terry und Spider Legs zu erhaschen.

»Schickt den Hubschrauber her!« schrie er ins Mikrofon. »Sofort!«

Genau in diesem Moment erbebte der Boden wieder, und wieder kollerte Felsgestein nach unten.

Harry wandte sich vom Krater ab und kletterte den Felshang hinunter zu dem Platz, an dem er und Terry ihre Rucksäcke und Utensilien deponiert hatten.

Unten, in dem provisorischen Observatorium, war Stan bereits am Telefon und sprach mit dem Hubschrauberpiloten.

Dreyfus schrie in sein Mikrofon. »Harry?« sagte er. »Harry, verdammt!« Harry antwortete nicht. Eine weitere Welle blendenden Staubes fegte über das verbliebene Auge von Spider Legs. Auf dem Monitor war nichts mehr zu sehen. Dreyfus knallte verärgert das Mikrofon auf den Tisch.

Stan hielt eine Hand über das Mikrofon und rief Dreyfus zu: »Dieser gottverdammte Hurensohn von Pilot will seinen Preis erhöhen!«

»Gib ihm einfach, was er verlangt!« rief Dreyfus zurück.

Stan nahm die Hand vom Mikrofon, erklärte sich mit dem Preis von Pilot Hutcherson einverstanden und gab ihm Anweisung, sofort zu starten. Stan konnte dem Burschen keinen Vorwurf machen. Er kannte Vulkane. Er hatte den Tod und die Vernichtung gesehen, die Mount St. Helen's gebracht hatte. Sein Lebensunterhalt und sein Leben standen jedesmal auf dem Spiel, wenn er irgendwo nahe an einen aktiven Vulkan heranflog.

»Seht doch!« rief Nancy.

Harry tauchte in dem seitlich geneigten Bild auf, das der Monitor zeigte. Er kletterte zu Spider Legs nach unten – dorthin, wo Terry vermutlich verschüttet war. Er trug ein Funkgerät bei sich, hatte ein Seil um die Schultern geschlungen.

»Dieser Wahnsinnige wird sich selbst umbringen«, sagte Greg.

»Ist der Hubschrauber unterwegs?« fragte Dreyfus besorgt.

Während sie den Monitor beobachteten, bewegte Harry sich rasch aus dem Blickfeld. Sie sahen nichts weiter als die Caldera in einem aberwitzigen Winkel, während der Staub sich langsam verzog.

Oben auf dem Berg kletterte Harry abwärts, über einen steilen Hang hinunter, an dem jeder Schritt gefährlich war und der besonders schwierig zu begehen war, da die Gasmaske sein Blickfeld stark einengte. Er bewegte sich behutsam dorthin, wo Terry festsaß. Felsen kollerten herunter. Ein weiteres kleines Beben löste eine Kaskade von Gestein und Geröll aus. Harry mußte sich in einem Felsspalt in Sicherheit bringen, um mächtigen heranrollenden Felsen auszuweichen.

Er tastete sich vor, wartete darauf, daß der Staub sich legte. Er befand sich unmittelbar über dem ersten Haufen von herabgestürztem Gestein. Er konnte zwischen den Brocken von Eis und Felsen ein Stück von Terrys schrillem, häßlichem Hemd sehen. Terrys Gasmaske lag neben ihm. Der Mann bewegte sich nicht.

Harry arbeitete sich zu Terry hinunter und begann vorsichtig, die Trümmer beiseite zu räumen. Terry öffnete die Augen.

»Hat doch hoffentlich das Hemd nicht zerrissen?« sagte er mutwillig.

Harry grinste zynisch. »Unglücklicherweise nicht«, erwiderte er. Dann hörte er auf zu grinsen. Terrys Bein, das er gerade freigelegt hatte, lag in einem unmöglichen Winkel da.

Harry griff nach seinem Funkgerät.

In dem provisorischen Observatorium zuckten Dreyfus und die anderen zusammen, als das Funkgerät knisterte.

»Terry hat ein Bein gebrochen«, kam Harrys Stimme. »Wir brauchen hier oben irgendwie Hilfe.«

Dreyfus und das Team knirschten mit den Zähnen. Dies war das Schlimmste bei dieser Verbindung über große Entfernung. Sie konnten im Augenblick wenig mehr tun, als ermutigende Worte zu sagen und Däumchen zu drehen.

»Bleib dran«, sagte Stan. »Der Vogel ist unterwegs.«

Als Harry das restliche Geröll von Terry weggeräumt hatte, konnte er das willkommene Geräusch des nahenden Hubschraubers hören.

Der Vogel kam über den Rand des Kraters ins Blickfeld. Er loopte über die zentrale Kuppel und kam dann langsam zu ihnen herab. Aber nicht zu tief. Er hielt im Sinkflug und schwebte über ihnen, wirbelte ringsum Schnee und Staub auf. Ein Seil fiel aus dem Hubschrauber und sackte auf Harry und Terry zu. Ein Sicherheitsgeschirr baumelte am Ende des Seils.

»Häng dich ran, Terry«, sagte Harry. »Bist fast daheim.« Er schaltete sein Mikrofon ein. Durch den Empfänger im Motel übertragen, ging seine Stimme direkt zu dem Piloten.

»Tiefer«, sagte Harry. »Tiefer ... noch anderthalb Meter.«

Der Pilot bellte in sein Funkgerät: »Weiter runter kann ich nicht.«

Harry schaute zum Hubschrauber hoch. »Tiefer, verflucht noch mal!«

Der Pilot im Hubschrauber zeigte dem Funkgerät den Stinkefinger. Seine Rotorblätter waren der Wand bereits so nahe, daß jeder Aufwind oder jede Mikroböe ihn zum Absturz bringen würde. »Für das, was ihr bezahlt, komm ich nicht weiter runter.«

»Komm runter hier, du Hurensohn«, schrie Harry. »Oder ich schwöre bei Gott, daß ich dir persönlich das Herz rausreiße.«

Der Pilot murmelte irgendwas vor sich hin. Mit extremer

Vorsicht, die Felswand wie ein Falke beobachtend, sackte er die zusätzlichen wenigen Meter tiefer.

Harry schnappte sich das Geschirr und schlang es um Terrys Körper. Dann, bevor er es verschloß, löste er das Seil von seinen Schultern und schlaufte es in das Geschirr ein.

Dreyfus und die anderen, die nichts von all dem, was Harry tat, und den Hubschraubermanövern wußten, konnten sich nur wundern. »Was, zum Teufel, geht da oben vor?« murmelte Dreyfus. Der Monitor zeigte nur ein Stück leeren Kraters aus der Warte von Spider Legs einzigem sehenden Auge. Über Funk hörten sie das laute Whump-whump-whump des Hubschraubers und daneben Terrys gelegentliches Stöhnen.

Der Pilot baute Mist, weil er das Seil nicht ruhig hielt, und so wurde Terry gezerrt. Harry schrie ins Mikrofon: »Halt die Kiste ruhig, verflucht!«

Gleichzeitig mit seinen Worten schoß eine Fumarole – eine weiße, heiße Ejektion von Gas und Dampf – am Rand der Kuppel aus dem Boden, keine zweieinhalb Meter von ihnen entfernt.

Terry, in einem segensreichen Zustand von Schock, sagte: »Ziemlich kühl, wie?«

Harry ignorierte das und kämpfte mit dem Seil und dem noch nicht gesicherten Geschirr, versuchte verzweifelt, das Seil um seine Hüfte und Arme zu schlingen. »RUNTER! GOTT VERDAMMT!« schrie er. »RUNTER!«

Der Pilot, der sah, daß aus der Fumarole Dampf und Gas mit Hochdruck zu ihm gespuckt wurden, brüllte zurück: »TEUFEL, NEIN! DU KANNST HOCHKOMMEN UND RUMKOMMANDIEREN, SOLANGE DU WILLST, ABER TIEFER KOMME ICH NICHT RUNTER!«

Unten, im provisorischen Hauptquartier, rauften sie sich die Haare, klebten am Monitor, hofften darauf, kurz sehen zu können, was geschah. Sie hörten, daß das Brüllen des Hubschraubermotors höher und lauter wurde.

Als der Pilot Vollgas gab, um der Gefahr zu entfliehen, ohne Rücksicht auf die Wissenschaftler unten, zog Harry die Schlaufen an seinem Seil fester und sprang zu Terry. Im selben Augenblick fauchte die Fumarole wieder, und eine zweite öffnete sich unmittelbar daneben und begann zu spucken.

Auf dem Monitor in dem provisorischen Observatorium war durch den Dampf aus den Fumarolen absolut nichts zu sehen. Niemand konnte etwas erkennen. Und dann, durch den wallenden Kampf …

Harry und Terry tauchten auf dem Monitor auf, schwebten zusammen mit dem Seil hoch, wurden von dem Helikopter weggerissen. Terry baumelte in dem Rettungsgeschirr und Harry an dem Seil unter ihm.

Dreyfus, Nancy, Stan und Greg mochten ihren Augen nicht trauen. Sie lächelten. Dreyfus kicherte. »Dieser Hurensohn«, sagte er. »Er hat's geschafft.«

Ein Zuschauer, der Dante's Peak aus der Entfernung beobachtet hätte, würde einen seltsamen Anblick zu sehen bekommen haben. Nämlich den eines Hubschraubers, der aus der Caldera aufstieg und unter dem sich zwei Männer an einem Seil drehten. Die beiden Männer wurden langsam in den Hubschrauber hochgezogen, während der aus der Gefahrenzone flog.

30

Auf dem Hubschrauberlandeplatz bei der Rangerstation hatte sich herumgesprochen, was geschehen war. Eine Menschenmenge hatte sich eingefunden, darunter Rachel, um den Hubschrauber zu empfangen.

Pilot Hutcherson hatte über Funk Informationen gegeben, nachdem er Terry und Harry an Bord gebracht hatte, über Terrys Zustand berichtet und einen Krankenwagen angefordert.

Jetzt, kaum daß Hutcherson den Vogel zu Boden gebracht hatte, löste er seinen Sicherheitsgurt, riß die Kopfhörer runter und schoß aus dem Cockpit. Ohne ein Wort stapfte er über den Highway zum Golden Teapot Bar & Grill. Er brauchte jetzt ein paar kräftige Drinks. Seine Nerven waren wirklich nicht mehr das, was sie vor fünfundzwanzig Jahren gewesen waren, als er in Vietnam mit Kampfhubschraubern in Gefechtszonen hinein und wieder hinaus flog.

Sanitäter legten Terry auf einen Wagen und karrten ihn fort. Harry war neben ihm. Zuschauer klopften Harry auf den Rücken, gratulierten ihm, wünschten beiden alles Gute. Während die Sanitäter Terry in den Krankenwagen verfrachteten, grinste er Harry an. »Jetzt sei ehrlich, Harry«, sagte er. »Du hattest auch 'nen schlechten Start, oder?« Terry lachte.

Harry tätschelte seinen Arm, antwortete aber nicht. Die Türen des Krankenwagens wurden geschlossen, und der Wagen fuhr los.

Rachel tauchte neben Harry auf. »Alles okay mit Ihnen?« sagte sie.

Harry sah sie an. Es war klar zu erkennen, daß sie geweint hatte. »Ja, Rachel«, sagte er. »Alles okay.« Der Blick zwischen ihnen blieb.

Dann sah Harry Dreyfus in dem USGS-Van heranrollen.

»Entschuldigen Sie mich«, sagte Harry. Er ging direkt zu Dreyfus, der ihn anlächelte.

»Gute Arbeit, Harry«, sagte er.

»Paul«, sagte Harry leise, aber mit einem Drängen in seiner Stimme, »da oben gibt's eine Menge Aktivität. Du solltest besser eine Sitzung einberufen, die Stadt alarmieren.«

Das Lächeln von Dreyfus verflog. »Harry«, sagte er verärgert, »ich weiß, daß es oben ziemlich heftig war, aber ich werde keine Panik auslösen, nur weil's ein paar kleine tektonische Beben gab.«

»Kleine«, wiederholte Harry ungläubig.

»Das größte Beben, das wir gemessen haben«, sagte Dreyfus, »hatte nur zwei Punkt neun und ...«

Harry wurde wütend. »Mir scheißegal, auch wenn's nur ein eins Punkt eins gewesen wäre«, sagte er.

Dreyfus legte eine Hand auf seinen Arm. Genau das hatte er befürchtet – daß Harry ausflippte, durchdrehte, sich von Gefühlen leiten ließ, statt vernünftig zu beurteilen. »Harry –« sagte er.

»Diese Beben waren flach, Paul«, unterbrach ihn Harry. »Verdammt flach. Ich war da oben. Ich habe sie gespürt.«

»Du wirst nicht ...«, setzte Dreyfus an.

Harry fiel ihm energisch ins Wort. »Und sie waren nicht tektonisch«, sagte er, »sie waren magmatisch.«

Was bedeutete, daß dies keine seismischen Stöße waren, die tief aus der Subduktionszone in der Erdkruste kamen, sondern durch die Bewegung des Magmas ausgelöst waren, das in den Höhlen von Dante's Peak selbst aufstieg. »Ich sag dir das deutlich, Paul«, erklärte er überzeugt, »da steigt Magma auf. Ich glaube, er wird explodieren.«

Die Auseinandersetzung hatte die Aufmerksamkeit mehrerer Zuschauer geweckt. Dreyfus senkte seine Stimme und sah Harry wütend an.

Dreyfus bedeutete ihm, sich zurückzuhalten. »Ich warne dich, Harry«, sagte er. »Ich will nicht, daß einer meiner Leute hier alle mit Vermutungen und Gefühlen in Angst und Schrekken versetzt.«

»Das ist kein Gefühl, Paul!« widersprach Harry. »Da oben sind frische Risse, und der Schnee beginnt zu schmelzen. Wir müssen ...«

Dreyfus fand, daß es genug sei. Er zog die Notbremse. »Ich werde die Glaubwürdigkeit der United States Geological Survey nicht untergraben, nur weil du Schuldgefühle hast.«

Harry war bestürzt. »Was –?« sagte er. Hatte er Dreyfus richtig verstanden?

»Dante's Peak unnötig zu evakuieren wird nichts an dem ändern, was in Galeras geschehen ist«, sagte Dreyfus. »Das bringt Marianne auch nicht zurück.«

Harry reagierte mit Wut. Er sprang Dreyfus fast ins Gesicht. »Hier geht's nicht um Galeras«, sagte er. »Hier geht's um Mammoth, nicht wahr, Paul?«

»Mammoth?« sagte Dreyfus.

»Du bist bereit, das Leben Tausender Menschen aufs Spiel zu setzen«, fuhr Harry fort, »weil du Angst davor hast, daß wir wieder blinden Alarm geben.«

Der Rest des Teams hatte neben ihnen gestanden und jedes

Wort mitbekommen. Jetzt trat Greg zwischen die beiden und zog Harry zurück. »Reg dich ab, Harry«, sagte er.

Dreyfus war wütend, weil ihm Angst unterstellt worden war! Er hatte vor nichts Angst. Er trug Verantwortung. Er mußte beurteilen. Sich ausgerechnet mit Harry über dieses Thema auseinanderzusetzen war mehr als sinnlos. Es unterminierte seine Autorität. Er beendete die Auseinandersetzung gelassen. Er wandte sich an die anderen und verkündete: »In achtundvierzig Stunden werden wir Bescheid wissen.« Er machte kehrt und ging.

Harry biß die Zähne zusammen und murmelte: »Hurensohn.«

31

Terry, der in dem kleinen, an einem bewaldeten Hügel westlich der Stadt gelegenen Krankenhaus der Gemeinde lag, hatte ein sonniges Zimmer mit Blick auf die prächtige Bergkulisse. Dort, in der Ferne, ragte der großartige, schneebedeckte Kegel von Dante's Peak auf, sah aus, als sei er von Gott persönlich zur Freude der Menschen dorthin gestellt worden.

Harry, Nancy, Greg und Stan besuchten Terry am Krankenbett. Nacheinander signierten sie den Gips an seinem Bein. Alle lachten und scherzten.

Außer Harry.

»Der Arzt sagt, ich könne gehen, sobald sie sicher sind, daß mit meinem Kopf alles in Ordnung ist«, sagte Terry mit einem Grinsen, das verriet, daß er wußte, wie die Situation war.

»Dann sehen wir uns in zehn Jahren«, sagte Nancy.

Alle lachten. Terry am lautesten.

»Die Wahrheit ist, Terry«, sagte Nancy, »ich glaube, daß Spider Legs sich ganz einfach für all die Tritte in den Arsch revanchiert hat, die du ihm gegeben hast.«

Wieder lachten alle bis auf Harry.

Er war gedankenverloren, starrte aus dem Fenster auf Dante's Peak. Er versuchte, einen klaren Kopf zu behalten, versuchte, die Situation ebenso unbekümmert, locker und professionell anzugehen wie die anderen. Doch wie er es auch drehte und wendete, sie blieb gefährlich, bedrohlich. Nichts, wobei man locker sein konnte.

»Hört zu«, platzte er heraus, »ihr müßt mir helfen, Paul davon zu überzeugen, daß dieser Berg Arbeit bedeutet.«

Die Unterhaltung endete abrupt. Sie schauten sich an, dann ihn.

»Harry«, sagte Greg schließlich, »ich hasse es, Paul beizupflichten, aber es gibt keinen wirklichen Beweis dafür, aus dem zu schließen wäre, daß da oben etwas Verrücktes vorgeht. Es ist ähnlich wie beim Mount Baker, damals, in den Siebzigern, und damals gab's auch keinen Ausbruch.«

Nancy pflichtete ihm mit einem Schulterzucken bei.

Der zerklüftete, schroffe Mount Baker, etwa 200 Meilen nördlich gelegen, war der nördlichste Vulkan der Cascades überhaupt, in unmittelbarer Nähe der kanadischen Grenze. Koma Kulshan hatten ihn die amerikanischen Ureinwohner genannt – »der Gebrochene« –, nachdem er bei einem Ausbruch einen Teil seines Gipfels weggepustet hatte. Im Jahre 1843 blies er seine Spitze wieder weg, zischte die nächsten vierzig Jahre und legte sich dann für fast ein Jahrhundert schlafen.

Im März 1975 gähnte er und begann zu erwachen. Er

schickte beachtliche Dampfwolken in einer hochragenden weißen Rauchsäule zum Himmel und begann mehr als eine Tonne Schwefelgase pro Stunde zu produzieren, die das Atmen im Umkreis vieler Meilen erschwerten.

Die USGS entsandte eilends eine frühere Version ihres Einsatzteams dorthin (die meisten Mitglieder der jetzigen Mannschaft waren damals noch auf der Highschool oder auf der Grundschule). Die weiße Dampfwolke begann durch beträchtliche Mengen vulkanischer Asche dunkler zu werden, und die Geologen waren bereit, Alarm zu geben, daß Mount Baker kurz vor dem Ausbruch stand.

Sie entdeckten jedoch schnell, daß die Temperatur des austretenden Dampfes nur knapp über dem Siedepunkt von Wasser lag und dies nicht der über 220 Grad heiße Dampf war, der entsteht, wenn Wasser mit frisch fließendem Magma in einem Vulkan zusammentrifft, der kurz vorm Ausbruch steht. Daraus schlossen sie, daß Mount Baker einfach wie eine Sauna reagierte, Oberflächenwasser abblies, das zu den heißen Felsen tief unter der Oberfläche gesickert war.

Und sie hatten recht. Das Dampfbad war alles, was geschah. Der Berg versank wieder in seinen langen Schlaf.

Das alles wußte Harry. Aber dies war anders. »Ihr wart unten in der Stadt«, sagte er verärgert. »Ich war da oben. Ich weiß, was ich sah.«

Sie alle schauten Terry an. »Seht mich nicht an«, wehrte der ab. »Alles, was ich gesehen habe, war ein Haufen Felsen auf meinem Kopf. O ja, und ein paar hübsche kühle Gaseruptionen.«

»Ohne so viel Schwefeldioxidgehalt, daß man sich Sorgen machen müßte«, sagte Greg sanft zu Harry.

Harry erwiderte einen Augenblick lang darauf nichts. Dann: »In der neunten Klasse erzählte mir mein Biologielehrer einmal, daß, wenn man einen Frosch nimmt und ihn in kochendes Wasser wirft, er herausspringt ... wenn man ihn aber in kaltes Wasser setzt und das allmählich erhitzt, wird er dort sitzen bleiben, bis er langsam zu Tode gekocht wird.«

»Was ist das?« sagte Nancy. »Dein Rezept für Froschsuppe?«

»Es ist mein Rezept für eine Katastrophe«, erwiderte Harry. »Wenn wir heute erst eingetroffen wären – jetzt –, wüßten wir, daß wir uns in heißem Wasser befinden und würden diese Stadt alarmieren.«

Wieder langes Schweigen.

Schließlich sprach Terry. »Sag mal, Harry«, meinte er, »was passiert, wenn man eine Ente nimmt und die Ente in einen Topf mit kochendem Wasser wirft?«

»Du bekommst Entensuppe«, sagte Greg.

»Oder ein Pferd, Harry?« kicherte Nancy. »Was, wenn man ein Pferd in kochendes Wasser wirft?«

Sie amüsierten sich alle auf Harrys Kosten. Harry zwang sich zu einem Lächeln.

32

In der Stadt Dante's Peak waren keine Nachrichten gute Nachrichten. Der Vulkan veröffentlichte keine Bulletins, und seine designierten Beobachter, die Geologen von der USGS, ebensowenig.

Es war Les Worrel gelungen, Elliot Blairs Besorgnisse etwas

auszuräumen. Er hatte ihn fast wieder bei der Stange. Die Stadtratsmitglieder Mary Kelly und Norman Gates sprachen wieder mit Rachel, kamen ins Café, um sich diskret nach dem neuesten Stand zu erkundigen – alles durchweg positiv. Die Antikmöbelhändlerin Karen Pope, ebenfalls Mitglied des Stadtrates, fühlte sich beruhigt, weil ihr Geschäft und die Stadt weiter da sein würden. Deshalb war sie mutig gewesen, hatte ihre Miete für das nächste Quartal im voraus bezahlt und dafür Nachlaß bekommen.

Der Motelbesitzer Cluster war so fröhlich, daß er sich tatsächlich ab und an ein Lächeln gönnte. Das USGS-Team war mittlerweile dreieinhalb Wochen da und bezahlte regelmäßig die Rechnungen mit dieser absolut sicheren Kreditkarte der Regierung. Diese Leute brachten ihm und der Stadt Geld und nicht, im Gegensatz zu den anfänglichen Gerüchten, die schlechte Nachricht, die erwartet worden war – ein explodierender Vulkan à la Mount St. Helen's. Was ihn betraf, so konnten diese Amateurgeologen ihre Zimmer und ihr provisorisches Observatorium in seinem Konferenzzimmer ewig behalten.

Aber das sollte nicht sein.

Harry, Dreyfus und das Team hatten sich im Hauptquartier versammelt und werteten die jüngsten Daten der Seismographen, Neigungsmesser und Spannungsmesser aus. Greg sah sich die aktuellen COSPEC-Gaswerte an. Auf einem großen Arbeitstisch ausgebreitet lagen die Infrarotsatellitenfotos, die sie über Modem erhalten hatten.

Terry war wieder bei der Arbeit, mit Krücken und Gips am Bein und einem neuen schrillen Hemd. Er studierte die Werte der Laserkanone, die sie aufgestellt hatten, um Veränderungen an der Größe des Berges zu kalibrieren. »Steht felsenfest«, sagte er.

»So war's die ganze Woche«, sagte Dreyfus zu Harry.

»Hat keine harmonischen Erschütterungen gegeben«, stellte Stan fest.

»Und weder der Laser noch die Neigungsmesser zeigen irgendeine Veränderung in der Form des Berges«, sagte Terry.

»Ich denke, wir haben alles gesehen, was dieses große Baby machen wird«, fand Nancy.

Dreyfus wandte sich an Harry. »Der Berg ist verkabelt«, sagte er. »Unsere Geräte sind installiert. Von jetzt an können wir die Dinge von unserer Basis in Vancouver beobachten. Unsere Arbeit hier ist beendet.«

Harry reagierte. »Ich denke, wir sollten noch ein paar Tage warten«, sagte er.

Dreyfus hatte seine Entscheidung getroffen. Er sagte sich: Vergiß jede Diskussion. Das ist abgehakt. »Ich habe dir zwei Tage versprochen und dann eine Woche daraus werden lassen«, sagte er. Er wandte sich an den Rest des Teams und verkündete: »Morgen früh reisen wir ab.«

Die anderen nickten zustimmend. Aber sie waren enttäuscht. Sie haßten es, sich wieder vornehmlich ihrem Papierkram in Vancouver widmen zu müssen. Vor allem Nancy war enttäuscht, abreisen zu müssen, aber aus Gründen, die denen Harrys ähnlicher waren. Je länger sie als Vulkanologin tätig war, desto mehr war sie davon überzeugt, daß dies nicht allein Wissenschaft war. Es hatte etwas mit Kunst zu tun und mit Instinkt.

Irgend etwas war an diesen aufeinanderfolgenden Mikrobeben, was sie einfach nicht erfassen konnte. Dies und das

Muster der Kohlendioxidausscheidung war Grund dafür, daß sie innerlich mit Harry übereinstimmte. Da ging vielleicht mehr vor, als von den Instrumenten ablesbar war.

Aber sie schwieg. Sie hatte nichts anderes als Instinkt zu bieten.

Instinkt hatte Nancy bei der anderen großen Leidenschaft ihres Lebens gut geleitet. Das waren Pferde.

Pferde waren ihr ein und alles seit ihrem achten Lebensjahr. Sie hatte ihr eigenes Quarterhorse auf der Farm der Familie in Iowa. Im Sommer gab sie Reitunterricht im Countryclub und arbeitete als Stallknecht in den Ställen der Rennbahn. Es gab einen Punkt, da sie ernstlich erwog, Reitlehrerin zu werden.

Was sie im Umgang mit Pferden auszeichnete war ihr angeborenes Verständnis, ihre Fähigkeit, zu spüren, was in ihnen vorging, indem sie ihr Verhalten beobachtete. Und durch Murmeln und Körperbewegungen zu kommunizieren statt mit Gerte und Schreien. Sie erkannte ihren Gesundheitszustand und ihre emotionalen Bedürfnisse mit ihren Händen und ihrem Herzen. Sie war ein Naturtalent.

Nancy hatte als Hauptfach Naturwissenschaften und Tiermedizin an der University of Iowa belegt, als sie sich plötzlich in Jungen verliebte. Sie war schrecklich verliebt. Damit waren die Pferde – und die Karriere als Tierärztin – nicht mehr Lebensmittelpunkt. Ihre beruflichen Ambitionen gerieten in Vergessenheit.

Doch so, wie Pferde sie als Mädchen auf eine ursprüngliche Weise gefesselt hatten, sie mit ihrer Kraft erregt hatten – so, wie auch Männer das eine Weile bewirkten –, wußte sie, daß sie in ihrer Berufslaufbahn immer nach irgendeiner Art von Erregung suchen würde.

Sie zog in Erwägung, Astronautin zu werden. Der Gedanke an die Erregung in den Eingeweiden, wenn sie von brüllenden Raketen in den Raum geschleudert wurde, faszinierte sie.

Aber es stellte sich heraus, daß es Erregung gab, die viel näher war.

Ein großer Professor mit energischem Kinn und blitzenden Augen sprach sie auf einer Studentencocktailparty der Fakultät an und riß sie auf dem Heimweg hinter einem rosenbewachsenen Aussichtspunkt auf dem Campus in seine Arme. Es war der erregend gefährliche Beginn einer dreijährigen Affäre. Er war, wie sich herausstellte, ein Professor der Geophysik und auf Vulkanologie spezialisiert.

Das einzig Verrückte an ihrem Verhältnis war seine Weigerung, sie mitzunehmen, wenn er gelegentlich auf Exkursionen vor Ort zu Vulkanen in Mittel- und Südamerika ging. Er sagte, es sei zu gefährlich.

Das war der Auslöser. In aller Stille wechselte sie die Hauptfächer und studierte, um selbst Vulkanologin zu werden.

Ihre Liebe zu Vulkanen überdauerte ihre Liebe zu dem Professor mit dem energischen Kinn und den blitzenden Augen. Das letzte Mal sah sie ihn an einem Vulkanhang in Mexiko mit einer hübschen, großäugigen Studentin, die fasziniert jedem seiner Worte lauschte. Es war Harry, der ihr in den Arm fiel und sie daran hinderte, einen Basaltbrocken auf ihn zu werfen.

33

Stein's Bar war gerammelt voll. Die Gäste waren in guter Stimmung. Die Neuigkeiten hatten sich herumgesprochen, und die Wolke der drohenden vulkanischen Apokalypse war verweht. Die Aussicht auf blühende Zeiten in Dante's Peak lag in der Luft, und das gab allen Auftrieb.

Auf der Bühne trug eine nordwestpazifische Ausgabe von Lou Reed eine Art Talking Blues vor. Einige Bargäste hörten tatsächlich zu. Der Rest trank, plauderte, grübelte oder beobachtete die Poolbillardspieler.

Chief Vincent saß an einem Ende der Bar und lauschte dem, was geredet wurde, sammelte Material für seine mündlich überlieferte Geschichte der Bars – Abteilung Cascades.

Die Story, der er im Augenblick lauschte, war die, welche Pete, der Installateur, dem Barkeeper über seinen jüngsten mysteriösesten Fall erzählte.

Es schien, als gäbe es in dem großen Haus, das dem pensionierten Börsenmakler Matthew Hale gehörte, einen Fall von im Rotationsverfahren verstopften Abflüssen. Jedesmal, wenn Pete dorthin gerufen wurde, war ein anderer Abfluß verstopft. Es war rätselhaft. Schließlich engagierte er einen Subunternehmer aus Seattle, der mit einem hochentwickelten fiberoptischen Untersuchungsgerät kam. »Wir entdeckten das Hindernis und schauten es uns an«, sagte Pete. »Schließlich sagte ich: ›Das sieht aus wie ein Apfel.‹ Das kleine Mädchen der Familie sagte: ›Oh.‹ Es stellte sich raus, daß sie diese modischen französischen Toiletten mit großen Löchern hatten. Die Tochter hatte einen Apfel hineingeworfen und der war wochenlang durch das System gerollt.« Pete lachte und schlug auf den Bartresen.

Der Barkeeper schüttelte nur den Kopf. Er hatte geglaubt, schon alle Geschichten zu kennen. Chief Vincent zog sein liniertes Hauptbuch heraus und begann auf der Stelle zu schreiben.

An einem Tisch am Frontfenster saß der Investor Elliot Blair und trank mit einem glücklichen Les Worrell. Nancy, Greg, Stan und Terry spielten Billard.

Harry saß mit Rachel an einem Tisch. Sie tranken zum Abschied eine Flasche Wein. »Kommen Sie je nach Vancouver oder Portland?« fragte Harry.

»Ich bin gewöhnlich sehr beschäftigt«, sagte Rachel.

»Was machen Sie zum Vergnügen?« fragte er.

»Vergnügen, was ist das?« sagte Rachel mit einem Grinsen. »Oh, warten Sie, ich erinnere mich ... Vergnügen ist das, was man haben kann, wenn man nicht zwei Kinder hat und sich nicht um ein Geschäft kümmern muß und außerdem Verantwortung für eine Stadt trägt.«

Die große Gestalt von Paul Dreyfus näherte sich von der Bar. Er hielt eine Flasche Bier im Würgegriff. Es war nicht seine erste heute abend. Er war in guter Stimmung.

»Was dagegen, wenn ich mich dazusetze?« sagte er zu Rachel und Harry.

Sie schauten ihn freundlich an.

Er nahm Platz. »Bevor wir verschwinden«, sagte er, »möchte ich mich bei Ihnen für die Gastfreundschaft bedanken, Bürgermeisterin Wando.«

»Es war mir ein Vergnügen«, erwiderte Rachel mit aufrichtigem Lächeln.

»Wirklich wahnsinnig nett, daß Sie das sagen«, meinte Dreyfus, »aber ich glaube, Sie werden es nicht allzu sehr bedauern, uns gehen zu sehen.«

Harry nickte zu Les Worrell und Blair hinüber. »Unsere Anwesenheit hier ist nicht gerade gut fürs Geschäft, nicht wahr?«

Rachel sah Harry an. Sie hatte den gleichen Gedanken gehabt, natürlich – oft – und überlegte, wie er ihre Beurteilung beeinträchtigt haben mochte. Und das galt auch für die Beurteilung des politisch durchblickenden Dreyfus. Gaben sie alle sich einfach irgendeinem Wunschdenken hin, jeder aus seinen oder ihren ureigenen Gründen?

Les Worrell sah, daß da diese freundliche Unterhaltung stattfand und hielt das für eine Gelegenheit, um der Vereinbarung näher zu kommen. Er kam mit Elliot Blair im Schlepptau an den Tisch und blieb vor Dreyfus stehen. »Ich habe Mr. Blair gerade beruhigt«, sagte er. »Also wenn es wirklich einen Grund zur Besorgnis gäbe, würdet ihr USGS-Jungs morgen wohl kaum abreisen.«

»Da ich beabsichtige, achtzehn Millionen Dollar in diese glückliche Stadt zu investieren«, sagte Blair, »würde ich gerne wissen, ob die Möglichkeit besteht, daß dies die letzten Tage von Pompeji sind.«

Dreyfus lachte. »Keine Sorge«, sagte er. »Sie brauchen sich absolut nicht zu beunruhigen ...« Er drehte sich um. »Oder, Dr. Dalton?«

Harry fühlte sich überrumpelt.

Les und Blair warteten auf seine Antwort.

Dreyfus lächelte, während er nachhakte. »Nun, Dr. Dalton?« sagte er. »Können Sie diesen Herren einen einzigen, vernünftigen, unwiderlegbaren wissenschaftlichen Grund nennen, warum wir länger hierbleiben sollten?« Er meinte das ernst. »Denn wenn Sie das können, werden wir das tun.« Er war sicher, daß es keinen wissenschaftlichen Beweis gab. Er war davon überzeugt, daß Harry seine Beurteilung allein auf Intuition stützte, die durch die Geister seiner eigenen tragischen Vergangenheit beeinflußt wurde.

Dreyfus wartete. Les und Blair schauten ihn an.

»Nein. Das kann ich nicht«, erklärte Harry schließlich.

Dreyfus lächelte. Er erhob sich von seinem Stuhl und machte gegenüber Les und Blair eine einladende Geste. »Ich möchte Ihnen einen Drink spendieren«, sagte er und entführte sie zur Bar.

Rachel lächelte Harry an. »Es ist spät«, sagte sie. »Ich muß nach Hause zu den Kindern.«

»Ich werde Sie begleiten«, sagte Harry.

Als sie sich zur Tür begaben, rief Terry, der am Pooltisch stand: »He, Harry, willst du spielen?« Er scherzte. Er begriff die Situation.

Harry winkte ab und ging mit Rachel aus der Tür.

Greg grinste. »Er ist beschäftigt«, sagte er. Er beugte sich vor, um seinen Stoß vorzubereiten. »Ich loche die acht ein«, sagte er. Er traf den Ball stark genug, und er lief über die ganze Länge des Tisches. Spiel für Greg.

»Ich mag nicht mehr«, sagte Nancy und nahm den Spielball auf. »Ich will einen Drink.« Sie warf den Spielball einmal hoch und rollte ihn zu einer Stelle an einem Ende des Tisches. Dann ging sie mit Greg, Stan und Terry, dieser an Krücken, zur Bar.

Was keiner vom Team sah, nachdem sie den Pooltisch verlassen hatten, war das, was der Spielball tat. Er begann sehr langsam von der Stelle in einem verrückten, unmöglichen, geschwungenen Winkel wegzurollen.

Oben am Mirror Lake, wo Rachels Exschwiegermutter ihr einsames Leben in aller Ruhe lebte, störte kein einziges Licht die Nacht, und das schwarze Wasser war so ruhig, daß es jeden einzelnen Stern reflektierte.

Dann in der Mitte des Sees eine plötzliche Unruhe. Mehrere große Blasen stiegen langsam an die Oberfläche und zerplatzten. Säureblasen. Anschließend eine Fontäne kleiner Blasen. Danach war der See wieder ruhig.

Bis an derselben Stelle im Wasser etwas Silbriges auftauchte. Ein Fisch. Ein toter Fisch. Und immer mehr, bis die Oberfläche von Dutzenden toter Fische glitzerte.

34

Es war eine wundervolle Sternennacht. Rachel und Harry spazierten die stille Hauptstraße hinunter, dann über die Brücke zu Rachels Haus.

»Wann reisen Sie morgen ab?« fragte Rachel.

»Um sechs Uhr früh«, erwiderte Harry.

»Ich wünschte, Sie würden nicht gehen«, sagte sie sachlich.

»Keine Angst«, sagte Harry. »Dreyfus hat recht. Wir können den Berg von Vancouver aus weiter beobachten. Ich denke, wir müssen wirklich nicht länger hierbleiben.«

Rachel lächelte traurig und sagte: »Ich wünschte trotzdem, Sie würden nicht abreisen.«

Harry nahm ihre Hand, und sie blieben stehen und schauten sich an. Sie wollten sich küssen.

Da tauchten Scheinwerfer auf. Ein Auto fuhr über die Brücke. Rachel ließ schnell Harrys Hand fallen und löste sich von ihm. Die Fahrerin fuhr langsamer und lächelte, als sie die beiden passierte.

»Guten Abend, Rachel«, sagte sie.

Rachel winkte ihr zu. Dann schaute sie wieder Harry an, der sie offensichtlich küssen wollte. Aber Rachel kniff und begann weiterzulaufen.

»Jeannie Lane«, sagte sie. »Damit hat sie mindestens für ein paar Wochen Stoff zum Klatschen.«

Harry grinste. »Oh, mindestens«, sagte er. Er holte sie ein und sie setzten den Weg über die Brücke zu Rachels Haus fort.

Rachels Haus war bis auf ein paar Lichter im Wohnzimmer dunkel, als sie dort ankamen. Maggie, die junge Babysitterin, hockte in einem Knautschsessel, las *Les Miserables* für die Schule und versuchte, nicht einzuschlafen. Sie streckte sich und stand auf, als sie hereinkamen.

Rachel lächelte und nahm ihre Brieftasche heraus, um sie zu bezahlen. »Schlafen sie?« fragte sie.

»Aber sicher«, sagte Maggie.

»Hast du am Samstagabend frei?« erkundigte sich Rachel, während sie ihr das Geld gab.

»Samstagabend habe ich Chor, aber ab acht Uhr habe ich Zeit«, sagte Maggie und hob ihr Buch und ihre Zeitschriften *Young Miss* und *Seventeen* vom Boden auf.

»Prima«, sagte Rachel. Sie begleitete das Mädchen zur Haustür und ließ sie hinaus. »Gute Nacht«, rief sie ihr nach.

Sie schloß die Tür und wandte sich Harry zu. Sie und Harry fühlten sich plötzlich ein wenig verlegen, als seien sie beide so alt wie der Teenager, der gerade aus der Tür gegangen war.

»Möchten Sie, möchtest du ... einen Kaffee oder ...«, sagte sie unsicher.

Harry nahm sie in seine Arme. »Nein, Rachel«, sagte er, »trotzdem danke.« Er wollte sie küssen – aber da fiel das Scheinwerferlicht eines herankommenden Autos durch das Fenster. Der Wagen schien draußen zu halten, zerbrach den Augenblick. Dann beschleunigte das Fahrzeug wieder und fuhr weiter. Aber es war zu spät.

Rachels Emotionen waren plötzlich auf eine Art geweckt, die sie fünfzehn Jahre zurückversetzten. »Ich glaube wirklich, wir sollten einen Kaffee trinken«, sagte sie zitterig.

Doch Harry ließ sie nicht gehen. »Ich weiß nicht, wie ich das sagen soll«, sagte Harry. »Aber dein Kaffee ist mir eigentlich völlig egal.«

Sie lächelten sich an. Ihre Gesichter kamen sich näher.

Rachel spürte, daß sie zitterte. Sie war verwundert. »Ist lange her, seit ich mit jemand zusammen war«, sagte sie. Ihre Augen wurden groß.

»Bei mir auch«, sagte Harry. »Aber es heißt, es soll wie Fahrradfahren sein ... hat man's einmal gelernt ...«

»... vergißt man's nie«, sagte Rachel mit einem Lächeln und begann, sich in seinen Armen zu entspannen. Harry wollte sie küssen, als Laurens Stimme dünn über den Korridor drang. »Mommy?« rief sie. »Mommy, bist du das?«

Rachel löste sich von Harry und rief ihr zu: »Ich komme, Lauren.« Sie lächelte Harry kläglich an und ging über den Korridor zum Schlafzimmer.

Lauren saß halb aufgerichtet im Bett. Sie lächelte ihre Mutter verschlafen an. »Ich hab' Durst«, erklärte sie.

»Okay, Schätzchen«, sagte Rachel, gab dem Mädchen einen Kuß und zog sie kurz an sich.

Sie ging zurück in den Korridor, vorbei am Wohnzimmer und trat an die Küchenspüle. Sie flüsterte Harry zu: »Ich glaube, sie wird gleich wieder einschlafen ...«

In der Küche nahm Rachel ein Glas und drehte den Wasserhahn auf. »Oh, gütiger Gott im Himmel«, sagte sie leise zu sich, »bitte, laß sie sofort einschlafen.« Dann betrachtete sie das Wasser und sagte überrascht: »Igitt – was ist denn mit dem Wasser?«

»Was ist?« fragte Harry, der im Türrahmen auftauchte.

Rachel zeigte ihm das Glas Wasser. Das Wasser war braun und trüb. »Muß eine gebrochene Leitung sein«, sagte sie, »oder ...«

Harry nahm ihr das Glas aus der Hand. Er roch an dem Wasser.

»Was ist damit?« fragte Rachel.

Harry hielt das Wasser ins Licht, musterte die Partikel darin. »Von wo wird die Stadt mit Wasser versorgt?« fragte er.

»Ist etwa fünf Meilen entfernt«, antwortete sie und deutete in Richtung auf den großen Berg.

»Wir müssen dorthin«, sagte Harry mit steinerner Miene. Es klang drängend.

Lauren tauchte in der Tür auf und rieb sich die Augen. »Wo ist mein Wasser?« fragte sie.

35

Rachel stand im Zimmer von Graham, gebeugt über das Bett des erschöpften, halbwachen Vierzehnjährigen.

»Aber ich will jetzt keinen Ausflug machen«, sagte er. Was war mit seiner Mutter? Es war mitten in der Nacht. Und was machte Harry hier? »Laß mich weiterschlafen«.

Harry stand in der Tür, hielt Lauren an der Hand. Lauren war hellwach, bereits mit einer Jacke bekleidet, die sie über ihrem Schlafanzug trug.

Graham versuchte sich umzudrehen. Rachel riß seine Decke vom Bett. Zeit zum Handeln. Rachel war daran gewöhnt, Kinder auf Trab zu bringen, wenn das nötig war. Graham blickte erstaunt zu ihr auf, spürte, daß etwas nicht in Ordnung war. Er sprang eilends auf.

Sie fuhren schweigend zum Berg hinauf. Harry war entschlossen, nicht Zeter und Mordio zu schreien, vor allem, um die Kinder nicht unnötig zu beunruhigen.

Die Quelle lag oben in den Hügeln, an einer bergauf und bergab führenden Schotterstraße, die das Straßenbauamt des Countys angelegt hatte. Sie war schmal und nur langsam zu befahren, aber das Frischwasserversorgungssystem von Mutter Natur brauchte in diesen Regionen wenig Wartung.

Frisches, klares Wasser floß das ganze Jahr über aus vielen Quellen in den Hügeln, gespeist vor allem von dem Schmelzwasser des ständig schneebedeckten Dante's Peak, besonders aber durch das feuchte Wetter, das vom Pazifik hereinkam, aufstieg und über den Cascades verweilte und den größten

Teil seines Regens und Schnees an der Westseite der Gebirgskette abließ.

Die Bäume um die Quelle wurden von Scheinwerfern beleuchtet, als Rachels Landcruiser um eine Biegung kam und auf der mit Kies und Erde bedeckten Kurve hielt. Rachel und Harry sprangen hinaus. Die Kinder schliefen tief auf dem Rücksitz.

Ihre Taschenlampen durchstachen das Dunkel, als Rachel Harry zu den großen Betonwänden führte, die das Quellwassersystem umgaben. Sie schloß das hohe Maschendrahttor auf.

Harry bückte sich und beleuchtete das Wasser mit seiner Taschenlampe. Er richtete das Licht aus verschiedenen Winkeln darauf, schöpfte dann eine Handvoll Wasser und ließ es fallen. Keine Frage: Das Wasser war schmutzig-trüb, stark verunreinigt. Harry ging am Rande des Beckens zu dem feuchten, hallenden Teil, wo das Wasser einlief. Er ließ sich auf Hände und Knie nieder und roch. Seine Miene war grimmig.

Rachel bemerkte es erst jetzt. »Was ist das für ein Geruch?« Das Wasser von Dante's Peak roch nie. Die Reinheit des Wassers war ein entscheidender Faktor dafür gewesen, daß die Stadt die Auszeichnung für Lebensqualität erhalten hatte.

»Schwefeldioxid«, sagte Harry. »Wenn Magma sich durch felsigen Untergrund hocharbeitet, gelangen Schmutzpartikel ins Grundwasser. Das gleiche haben wir am Mount Pinatubo auf den Philippinen gesehen.«

Die Erwähnung von Mount Pinatubo löste bei Rachel einen Alarm aus. Sie erinnerte sich. Es war ein philippinischer Vulkan, der unlängst ausgebrochen war. »Was bedeutet das?« fragte sie.

Harry schüttelte bedauernd den Kopf. Es war soweit. Er überlegte, ob es einen behutsameren Weg gäbe, das auszudrücken, er fand aber keinen. »Dieser Berg ist eine Bombe, Rachel«, sagte er. »Und seine Lunte wird immer kürzer.«

36

Es war mitten in der Nacht. Die Stadt lag völlig ruhig da. Keine Seele rührte sich in Cluster's Motel, Paul Dreyfus am allerwenigsten. Harry trat an die Tür seines Zimmers und hämmerte dagegen.

Dreyfus schlief tief. Harry klopfte wieder, noch fester. »Wach auf, Paul«, rief er, »Wach auf!« Er wappnete sich. Das würde nicht leicht werden.

Dreyfus wankte aus dem Bett und öffnete Harry die Tür. Sein Blick sagte: Entweder hast du eine sehr einleuchtende Erklärung oder du bist deinen Kopf los.

»Ich habe den wissenschaftlichen Beweis, den du wolltest«, sagte Harry und trat an Dreyfus vorbei in den Raum.

»Was, zum Teufel ...«, sagte Dreyfus.

Harry begab sich direkt zum Waschbecken des Badezimmers. Er drehte den Wasserhahn auf und winkte Dreyfus zu sich. Das Wasser war dunkel und schmutzig. Dreyfus reagierte mit Entsetzen.

»Ich komme gerade vom Wasserreservoir der Stadt in den Hügeln«, sagte Harry. »Da ist es genauso.«

Harry hielt ein Glas voll trüben Wassers ins Licht, damit Dreyfus es untersuchen konnte.

»O mein Gott«, sagte Dreyfus ruhig.

Bei Tagesanbruch war das ganze Team schon seit Stunden auf den Beinen und hatte in dem provisorischen Observatorium gearbeitet. Dreyfus telefonierte. Harry, Nancy, Terry und Stan beobachteten die Seismographen, Neigungsmesser und Spannungsmesser, die Gassensoren. Greg war an der Satellitenstation und verfolgte die Temperaturveränderungen.

»Die Beben kommen jetzt in Serien«, verkündete Harry. »Wieder ein zwei Punkt vier.«

»Die Gaswerte gehen auch hoch«, sagte Stan.

»Stellt euch einen Knaben vor, der seit zehn Jahren unter Verstopfung leidet«, kommentierte Nancy, die dabei war, Seismometerwerte aus verschiedenen Sektoren des Kegels miteinander zu vergleichen, »und gerade siebzehn verdorbene Chiliburger gegessen hat.« Sie blickte auf und grinste. »El Furzadero!«

Dreyfus telefonierte und sagte abschließend: »Danke, Gouverneur. Wiederhören.« Er legte auf. Er wandte sich an die anderen und verkündete grimmig: »Die Nationalgarde wird um Mitternacht hier sein.«

Er klang entschlossen und sicher, aber in Wahrheit hatte Dreyfus Bammel. Er war jetzt zwar engagiert und er fühlte, daß er das Richtige tat. Doch die Erinnerung an das Debakel am Mammoth verfolgte ihn. Wenn das gleiche hier wieder geschah – nicht mehr als ein großes Feuerwerk –, konnte er sich von seinem Direktorposten verabschieden. Er würde wieder Handlangerdienste leisten und bei Routineeinsätzen Seismometer eingraben.

Zugleich hoffte er auf ein großes Feuerwerk, um der guten Menschen willen, die er in dieser Stadt kennengelernt hatte.

Das Dilemma eines Vulkanologen.

Stan rief zu Harry rüber: »Was meinst du, wieviel Zeit wir haben?«

»Sicher läßt sich das unmöglich sagen«, erwiderte Harry, der zu Dreyfus hinüberschaute und sah, wie angespannt der war.

Ein Augenblick verstrich, in dem Dreyfus und Harry sich unverwandt anschauten. Schließlich nickte Dreyfus kaum merklich und gab stumm zu, daß Harry offensichtlich die ganze Zeit recht gehabt hatte.

»Harry«, sagte Dreyfus, »Bürgermeisterin Wando muß die Stadt alarmieren.«

Harry nahm den Telefonhörer auf.

37

Die lokale Fernsehstation war ein winziges Studio, das aus einem Raum bestand. Eine Kamera, kaum andere Ausstattung. Sie wurde dazu benutzt, um die regelmäßigen monatlichen Stadtratssitzungen zu übertragen, brachte Tips für Küche und Garten und Heimwerker, im Winter Schneelagen und Straßenzustandsberichte und eine Übersicht der internationalen Preise für Holz und Mineralien. Normalerweise begann der Sendetag am Mittag und dauerte drei Stunden.

An diesem Tag kam Rachel allen regulären Programmen zuvor und war Punkt Mittag auf Sendung.

Harry stand daneben, als Rachel in die Kamera sprach.

»... als Reaktion auf die potentielle vulkanische Bedrohung von Dante's Peak bitte ich alle Bürgerinnen und Bürger heute um achtzehn Uhr zu einer öffentlichen Versammlung in die Highschool, um dort über die Evakuierung unserer Stadt zu diskutieren ...«

Cluster, der vorn im Büro seines Motels saß und Rachel im Fernsehen zuschaute, wurde blaß.

»... Ein Repräsentant der United States Geological Survey wird anwesend sein, um Ihnen die Fakten in allen Einzelheiten darzulegen«, sagte Rachel. »Dies ist kein Grund zur Panik, aber Sie alle sollten sich bewußt sein, daß die Gefahr real ist. Die Leute von der USGS sind hier, damit wir Nutzen aus ihrer Erfahrung im Umgang mit solchen Situationen ziehen können. Lassen Sie mich nochmals betonen: Handeln Sie nicht übereilt. Kommen Sie, um die Fakten zu hören.«

Cluster war entsetzt. Er stürzte aus dem Raum ...

... und in das provisorische Observatorium, in dem Dreyfus und das Team aufmerksam die sich entwickelnde Situation beobachteten.

»Wann wird der Berg explodieren?« sagte Cluster. »Heute abend, morgen? Wird es soweit kommen? Wieviel Zeit haben wir?«

Dreyfus und das Team wechselten Blicke.

»Gaaanz – langsam«, sagte Dreyfus. »Im Augenblick gibt's noch keinen Grund zur Beunruhigung. Wir wollen nur vorbereitet sein.«

Clusters Gesichtsausdruck verriet, was er dachte: Scheiße! – Was verschweigst du mir? Was verheimlichst du?

Dreyfus schenkte ihm ein beruhigendes Lächeln. »In der Minute, wo wir etwas wissen, geben wir Ihnen Bescheid«, sagte Dreyfus.

Auf der Hauptstraße der Stadt wandten sich alle Köpfe dem vorbeifahrenden Streifenwagen des Sheriffs zu. Der Sheriff verkündete über Lautsprecher die Neuigkeiten.

»Achtung, Bürger, Achtung«, sagte die verstärkte Stimme. »In der Turnhalle der Highschool findet um achtzehn Uhr eine Versammlung statt, um über die Evakuierung von Dante's Peak zu diskutieren. Ich wiederhole ...«

Die Leute auf der Straße drehten sich alle fast gleichzeitig um und schauten zu Dante's Peak hoch. Über dem stieg ganz eindeutig, fast unsichtbar vor dem grauen Himmel, eine gräuliche Rauchwolke auf. Nicht groß, aber jede Wolke aus dem schlafenden Ungeheuer genügte, um sie in Schrecken zu versetzen. Warum hatten sie das nicht vorher bemerkt?

Der stets praktisch denkende Installateur Pete Prugo wendete sofort seinen Pickup und fuhr Richtung Tankstelle.

Karen Pope stand da, die Hände in die Hüften gestemmt, und war wütend. Sie hatte gerade die Miete für ihren Laden drei Monate im voraus bezahlt.

Tony, der Friseur, trieb seine Kunden zurück auf die Stühle. Er war bekannt für seine schnellen Haarschnitte. Aber jetzt schnitten seine schnellen Scheren schneller denn je.

Chief Vincent hörte der Ankündigung aufmerksam zu, beobachtete die Rauchwolke eine Minute lang und ging dann mit seinem Fahrrad über die Straße zu G. G. Farber's Fahrradgeschäft. Er bat den wie immer völlig mit Fett verschmierten Ladenbesitzer um den größten Gepäckständer, den er am Lager hatte. Greasy Guy lächelte sein besorgtes Lächeln und erklärte sich bereit, ihn sofort zu montieren.

Chief Vincent trat vor die Tür und warf einen weiteren Blick auf den Berg. Dann zog er seinen Mantel aus, nahm ihn über den Arm und wog sich auf der Waage, die auf dem Bürgersteig stand. Er trat von der Waage herunter, zog seinen Mantel wieder an und ging eilig davon.

Santiago, der Gärtner, der gerade den Rasen vor Matt Hales großem Haus auf dem Hügel mähte, hörte die Durchsage aus der Ferne. Santiago war ein elfenhafter, ernster Mann aus Zacatecas im Herzen von Mexiko. Er erfüllte seine Arbeit überaus pflichtbewußt. Jetzt ließ er alles stehen und liegen und rannte zu seinem verbeulten kleinen Pickup, entschlossen, nach Hause zu fliegen. Er hatte eine Frau, Elsa, und vier Babys – zu viele, das wußte er, aber was war schon ein Leben ohne Kinder?

Dann zwang er sich, stehenzubleiben. Sein Verantwortungsgefühl gewann die Oberhand. Er machte kehrt, um seine Arbeit wie versprochen zu erledigen. Dabei beobachtete er die ganze Zeit schwitzend den rauchenden Berg.

38

Den ganzen Nachmittag waren im Blue Moon Café Gäste ein und aus gegangen, hatten nicht viel bestellt, sondern sich nur vergewissert, ob das Café noch da war, Rachel am Ruder stand und alles mit ihrer Welt mehr oder weniger richtig weiterging.

Und gab's irgendwelche Neuigkeiten? Den meisten Menschen war es noch nicht ganz ins Bewußtsein gedrungen.

Rachel wiederholte ihre Fernsehwarnung immer wieder. Nehmt das ernst, fangt an, über die Evakuierung nachzudenken und kommt zur Versammlung in die Schule.

Gegen sechs Uhr abends war das Café fast leer, und Rachel telefonierte am Ende der Theke.

Harry war gerade hereingekommen, um sie abzuholen, und setzte sich auf einen Hocker, um zu warten. Graham und Lauren rutschten unruhig auf Hockern hin und her und beobachteten ihre Mutter.

»Ruth, bitte ...«, sagte Rachel leise, so daß ihre Stimme nicht zu dem halben Dutzend Gäste drang, die noch da waren. »Du mußt von da oben runterkommen. Harry sagt, daß der Berg jeden Augenblick explodieren kann und ...«

»Das ist seine Meinung«, sagte Ruth aus ihrem soliden und sicheren Holzbungalow am Mirror Lake.

»Laß mich's versuchen«, sagte Harry und nahm das Telefon. »Hi, Ruth. Harry Dalton«, sagte er. »Hören Sie, Ruth, die Situation ist sehr ernst geworden, und ich finde, Sie sollten besser erwägen ...«

»Ich gehe nicht weg, und damit basta«, sagte Ruth ins Telefon. Sie schaute aus dem Fenster ihres Wohnzimmers, während sie sprach – über die Wiese, über den friedlichen See zu den herrlich bewaldeten Bergen, die sich großartig in die klare Nachmittagsluft hoben. Sie war diesem Ort emotional so verbunden, daß sie sich nicht vorstellen konnte, ihm den Rücken zuzukehren und zu gehen. Das Leben, das ihr blieb, war hier. Tod, dachte sie trotzig, war jedem Wechsel vorzuziehen.

»Ruth, wirklich ...«, drang Harrys Stimme durch das Telefon.

Aber Ruth legte auf. Während sie auf das prächtige Panorama schaute, wanderten ihre Gedanken zurück zu den Anfangsjahren ihrer Ehe, zu jenen Zeiten ungeheuren Glücks, als sie ihren Sohn in dieser idyllischen Pracht aufzog. Und so sah sie nicht die Vorzeichen bevorstehender Vernichtung, die dort deutlich vor ihr lagen. Die von toten Fischen bedeckten glitzernden Wasserflächen unweit des Ufers. Ruth's Verstand war klar. Sie erinnerte sich an tausend Details der geliebten Menschen vor langer Zeit, aber ihre Augen waren nicht mehr das, was sie einmal gewesen waren …

»… Hallo? Hallo?« sagte Harry unten im Café ins Telefon. »Sie hat einfach aufgelegt«, sagte er zu Rachel.

Rachel nahm Harry den Hörer aus der Hand und wählte schnell wieder. Sie knurrte in sich hinein: »Mach schon, Ruth. Nimm ab. Nimm ab …«

Graham war besorgt. »Sie kommt nicht runter, was?« sagte er.

Rachel wartete und wartete. Dann legte sie das Telefon auf und wandte sich an ihre besorgten Kinder. »Wenn Großmutter da oben bleiben will, ist das ihre Entscheidung. Wir können nichts tun.«

»Aber, Mom …«, sagte Graham.

Rachel hatte wieder ihre Kommandomiene aufgesetzt. »Kinder«, sagte sie. »Nach Hause. Jetzt sofort. Und ich möchte, daß ihr gepackt habt und abreisebereit seid, wenn ich zurückkomme.« Sie beugte sich zu dem Vierzehnjährigen und faßte ihn bei den Schultern. »Graham, du bist jetzt verantwortlich«, sagte sie. »Kümmere dich um deine kleine Schwester.«

Sie und Harry waren aus der Tür.

Graham stand auf und hielt Lauren seine Hand hin. »Komm, böses Kätzchen«, sagte er.

»Oh, okay, Dumpfgesicht«, sagte Lauren. Sie hüpfte von

ihrem Hocker, weigerte sich, seine Hand zu ergreifen und folgte ihm aus der Tür.

39

Die übliche Kühle des späten Tages senkte sich auf Dante's Peak, während eine riesige, orangerote Sonne sich im Westen in die weintraubenfarbenen Berge senkte. Die Wolken, die über den Cascades aufstiegen, waren purpurn und golden gefärbt wie ein blauer Fleck. Es war ein atemberaubender Sonnenuntergang der Art, wie er nur wenige Male im Jahr zu sehen war und der als Vorbote wundervoller, milder kommender Tage galt.

Einige Nachzügler hasteten durch die Doppeltür unter dem Transparent »HEIM DER BERGARBEITER« in die Turnhalle der Highschool.

Rachel, die mit einem Mikrofon auf dem Podium stand, beendete ihre kurzen Bemerkungen. Harry stand ebenfalls auf dem Podium, zusammen mit dem Sheriff und dem Chef des Wasseramtes. Sie warteten darauf, daß sie an die Reihe kamen, um zu den Menschen zu sprechen, die sich in der Sporthalle drängten.

»... Ich weiß, daß es schwer vorstellbar ist, unsere Häuser verlassen zu müssen«, sagte Rachel. »Aber im Augenblick ist es das einzig Verantwortungsbewußte. Und wenn nichts passiert, schön, es ist besser, auf Nummer sicher zu gehen, als zu bedauern.«

Lärm brandete auf, als Leute sich an ihre Nachbarn wandten und schrien und Notizen verglichen. Einige in der Menge hatten genug gehört. Sie begaben sich zur Tür, um das Gebäude zu verlassen.

Susan, eine junge Krankenschwesternschülerin im Altenpflegeheim und Einwohnerin, stand vorne auf. »Sollen wir warten?« fragte sie laut über die Menge. »Ich meine, wenn wir jetzt gehen wollen?«

Die Menge beruhigte sich.

»Natürlich mußt du nicht warten, Susan«, sagte Rachel. »Du kannst gehen, wann immer du willst.«

Susan lächelte etwas verlegen und setzte sich.

Elliot Blair, der ziemlich weit vorne saß, um das richtige Bild zu bekommen, hatte es nun, in Kodacolor. Er flüsterte Les halblaut zu: »Ich verschwinde von hier, bevor es kracht.« Er stand auf und ging den Gang hinunter und direkt aus der Tür.

Dr. Fox wandte sich an Les Worrell, der Blair mit düsterer Miene bedauernd nachschaute. »Da geht deine Pension, Les«, sagte sie.

Les warf ihr einen bösen Blick zu und folgte Blair nach draußen. Während er ging, schaute er zu Boden. Das ist die Geschichte meines Lebens, dachte er. Wenn ich morgen meinen Börsenmakler anrufe und ihm sage, er soll das alles auf Microsoft schieben – Peng! Die sind pleite.

»Werden unsere Häuser und Geschäfte geschützt sein, wenn wir weggehen?« rief Karen Pope. »Wie wird Plünderung verhindert?«

»Die Nationalgarde ist bereits alarmiert worden«, sagte Rachel. »Sie wird um Mitternacht hier eintreffen.«

Rachel merkte, daß eine Pause entstand, und drehte sich um. »Ich möchte jetzt die Leitung dieser Versammlung an Dr. Harry Dalton übergeben«, sagte sie.

Harry schritt auf das Podium zu und ergriff das Mikrofon. Er blickte auf die ihm zugewandten Gesichter. Es war für ihn keine anonyme Menge mehr – er kannte zu viele Namen, wußte zuviel von ihnen.

»Ich möchte eines klarmachen«, sagte er mit fester Stimme, »dies sind nur Vorsichtsmaßnahmen. Wir wollen keine ...«

Das Eis in dem Wasserkrug auf dem Tisch vor Harry klirrte. Sein Blick war darauf geheftet. Er fuhr ruhig fort, fast zu sich selbst: »... Panik auslösen.«

Das Gebäude erbebte. Nur ein Zittern, aber doch so stark, daß es diese immer gespanntere Zuhörerschaft bemerkte.

In dem provisorischen Observatorium blickte Terry verwirrt von den Papieren auf. »Hat das jemand gespürt?« fragte er.

Dreyfus sah sich nervös um.

Sie hatten den ganzen Tag Serien von Minibeben aufgezeichnet, aber alle von der Art, wie sie nur Hunde und höchstempfindliche Seismometer aufzeichnen können.

Die Leute in der Turnhalle der DPHS begannen unbehaglich zu murmeln. Genau in diesem Moment gab es ein weiteres anhaltendes Zittern.

»Bleiben Sie bitte ruhig«, sagte Harry. »Es wird niemand etwas geschehen, solange wir klaren Kopf behalten. Und jetzt gehen wir hinaus ... die Leute nahe den Ausgängen zuerst.«

Wieder ein Zittern. Dies war heftiger.

Jemand schrie auf. Plötzlich begann Panik wie ein Buschfeuer auszubrechen. Die Menschen rannten zu den Türen.

Die Basketballnetze tanzten wild. Eine Flagge fiel aus den Sparren.

40

Im Konferenzraum in Cluster's Motel klirrten die Fenster, und Dreyfus schoß hoch. »Das hab' ich gespürt!« sagte er.

Das ganze Team trat an die mit Instrumenten bepackten Tische. Eine Unmenge neuer Daten hastete über die Seismographen und die Computermonitore.

Die ersten von Panik erfüllten Menschen drangen aus den Eingangstüren der Highschool. Sie rannten in die Straßenmitte und blickten zu Dante's Peak hoch, der im warmen, direkten Licht der Spätnachmittagssonne rosa erglühte. Über dem fernen Kegel schoß eine graue Wolke hoch in den Himmel. Kein weißer Wasserdampf mehr. Dies war eine Wolke aus vulkanischen Gasen und Asche.

Nach den zwei starken Beben rannte Graham in Rachels Haus hinaus auf die Veranda. Er warf einen Blick auf den Berg und eilte wieder hinein.

Er rannte durch das Haus und schrie: »Lauren!! Der Berg explodiert!!« Er schoß über den Korridor und riß die Tür ihres Zimmers auf. »Lauren«, sagte er atemlos zu ihr, »hör zu, vergiß das Packen. Hier …« Er nahm ihren Mantel und warf ihn ihr zu. »Wir müssen was tun. Komm.« Er faßte sie und zerrte sie mit sich, den Korridor entlang.

Die Menschen, die noch in der Turnhalle der Highschool waren, waren schlecht dran. Mit jedem weiteren Beben nahmen das Geschrei und das Durcheinander zu. In dem Chaos wurden Kinder von ihren Eltern getrennt. Schreie von »Mami!« und »Daddy!« und Namen von Kindern hallten von den Wänden. Ein alter Mann stürzte, geriet unter die Füße der entfesselten Menge.

In dem provisorischen Observatorium starrte Dreyfus auf einen Spannungsmeßmonitor. Die Graphen spielten verrückt. Er schaute auf die Reihe der fünf Seismographen. »Nancy, sieh dir das an. Sieh dir diese Progression an«, sagte er und blickte dann auf, »und fühl das.« Das Gebäude vibrierte, trommelte förmlich. »Das sind harmonische Beben, Eruptionsbeben. Da bewegt sich Magma.«

Wieder eine Reihe von Vibrationen.

»Warum auf die Instrumente schauen, wenn man sich das Ding live ansehen kann?« fragte Nancy.

Sie eilte hinaus. Die anderen folgten ihr.

Draußen, auf dem kiesbestreuten Parkplatz, starrten Dreyfus und Begleitung gebannt auf den rauchenden Berg.

»Seht euch das nur an ...«, sagte Nancy.

Dreyfus und sein Team beobachteten den Berg wie gelähmt. Was sie am meisten erschreckte, war die dunkle Farbe der Wolke. Beim Mount St. Helen's hatte es ähnlich angefangen. Fenster in den benachbarten Orten hatten zu klirren begonnen. Doch die Krateraktivität war mehrere Tage lang auf äußerst geringe Ausbrüche von weißem Dampf mit niedriger Temperatur begrenzt gewesen, und es hatte weitere sieben Wochen gedauert, bis der Berg bedrohlichere Anzeichen entwickelte und ausbrach.

Hier bedeutete die dunkle Rauchwolke, die aus Dante's Peak

stieg, daß bereits Lavaasche ausgeworfen wurde. Es bedeutete, daß frisches, von viel heißerem Dampf durchsetztes Magma sich der Oberfläche näherte. Und der Dampf entwich dem Magma und hustete dabei drohende Wolken von Lavaasche.

Das an sich war kein Problem. Wenn der ganze Dampf in kleinen Hustern auf diese Weise herauskam, würde die Eruption eine ziemlich ruhige und relativ sanfte Angelegenheit sein, in deren Verlauf vielleicht eine Lavazunge gemächlich aus dem Krater floß.

Die gefährliche Möglichkeit bestand aber, daß das Magma, das an die Oberfläche stieg und die Asche so früh fortschleuderte, von der Konsistenz dick und zähflüssig war, so daß der Dampf nur schwer entweichen konnte. Dieses zähflüssige Magma absorbierte einen großen Teil des Wassers und stieg mit einer ungeheuren Ladung von Dampf, der in dem klebrigen, geschmolzenen Gestein gefangen war, an die Oberfläche.

Es war auch kein gewöhnlicher Dampf. Es war auf über 750 Grad hocherhitzter Dampf, der unter kolossalem Druck stand und sich zu befreien versuchte. Dies war die Megatonnenladung, die die vulkanische Heftigkeit ausmachte. Wenn Dante's Peak zu dieser Art von Vulkanen gehörte – und es war unmöglich, dieses vorherzusagen, solange das Magma noch im Boden war –, konnte er wie eine Atombombe explodieren und Kubikmeilen dicker Lava und giftiger Gase hoch und weit von sich schleudern.

Welcher Art er auch war, alles deutete darauf hin, daß er die kritische Masse weit schneller als der Mount St. Helen's erreichte.

»Sieht für mich aus, als würde er die Spitze absprengen«, sagte Nancy.

Wieder gab es eine Schockwelle. Das Leuchtzeichen des Motels fiel herunter und zerbarst in einem Splitterregen.

»Wenn das nicht Alarmstufe Rot ist, weiß ich's nicht«, sagte Dreyfus. »Vierundzwanzig Stunden oder weniger.«

41

Oben, in der Turnhalle der Highschool, versuchte Harry dafür zu sorgen, daß alle unversehrt hinauskamen. Er bahnte sich seinen Weg durch die panischen Bürger zu dem alten Mann, der gestürzt war. Er half dem alten Mann auf und stützte ihn auf dem Weg zur Tür.

Rachel war unmittelbar hinter ihm, brachte Jeannie Lane und ihre beiden verängstigten Kinder wieder zusammen.

»Harry!« rief Rachel. »Ich muß die Kinder holen!«

Das Geräusch von berstendem Glas hallte in der fast leeren Turnhalle wider. Harry und Rachel eilten mit der Menge hinaus. Der Ansturm der Menschen, die die Schule verließen, war für die Glastüren in der Eingangshalle zuviel gewesen. Eine von ihnen explodierte nach außen. Menschen stürzten auf die Straße.

In Panik geratene, entsetzte Menschen blockierten den Ausgang völlig.

»Hier entlang«, sagte Rachel. Sie begann, in anderer Richtung den Korridor entlangzurennen. Ein weiteres anhaltendes Beben. Kacheln fielen in einer Wolke von Staub und Trümmern von der Decke. Rachel stolperte und fiel. Harry zog sie hoch, und es gelang ihnen, das Gebäude durch eine Seitentür zu verlassen.

Rachel und Harry hasteten um die Schule herum. Sie sahen den Berg und blieben wie gebannt stehen, starrten nur betäubt dorthin.

Große Wolken von Asche quollen aus seiner Spitze. Der Boden zitterte, begleitet von einem tiefen anhaltenden Rumpeln.

»O mein Gott«, sagte sie, »du hattest recht.«

Plötzlich begann der Turm der Kirche auf der anderen Seite der Straße zu kippen. Menschen schrien auf und versuchten wegzurennen, als er umstürzte, einen leeren Schulbus zermalmte, der neben der Kirche geparkt war.

Menschen sprangen in ihre Autos und versuchten alle gleichzeitig wegzufahren. Sie fuhren, ohne sich umzusehen, von Parkplätzen, schnitten sich, verbogen Stoßstangen. Zwei Autos stießen zusammen, während Rachel und Harry zu Harry's Suburban rannten.

Ein kleines Mädchen stand da, hielt ein Kätzchen. Sie weinte inmitten des Chaos.

Rachel sah sie, wurde langsamer.

»Komm weiter«, rief Harry, der seinen Wagen aufschloß.

Rachel sah die Mutter des kleinen Mädchens kommen. Sie winkte. Die Mutter bemerkte sie, und Rachel stieß das kleine Mädchen in ihre Richtung. Sie drehte sich um und rannte zu Harrys Wagen.

Das USGS-Team baute in aller Eile das provisorische Observatorium ab, verpackte einen Großteil der teuren Ausrüstung wieder in Kisten und schaumstoffgepolsterte Koffer. Sie ließen zwei Seismographen und einige andere Beobachtungsgeräte angeschlossen und liefen.

Dreyfus telefonierte und brüllte einen Beamten am anderen

Ende der Leitung an. Selbst die abgebrühten Wissenschaftler waren von einer gewissen Panik und Schock erfaßt, so schnell war diese Eruption erfolgt.

»Wir werden hier schwer von einer Reihe von Beben getroffen«, bellte Dreyfus ins Telefon. »Wir können nicht bis heute abend warten. Wir brauchen die Garde hier sofort!«

Über dem Monitor vor ihm lief ein Satellitenfoto. Es zeigte eine riesige Aschenwolke, die sich bereits weit nach Südosten erstreckte. Einer der noch aufgebauten Seismographen zeigte fast fortwährende Beben.

Die Hauptstraße der Stadt war von Autos verstopft. Harry steuerte den Suburban von der Seitenstraße, an der die Highschool lag, auf die Hauptstraße.

Jetzt folgten die Erdstöße kurz aufeinander und waren noch heftiger. Alles, was Harry und Rachel durch die Windschutzscheibe sehen konnten, sah verschwommen aus. So stark war die Vibration des Bodens.

Ein Strommast fiel um, und Funken sprühten auf den hochgelegten Highway zu, der an der Stadt vorbeiführte. Unter der Belastung der andauernden Beben stürzte ein Teil der Auffahrt zum Highway ein, dann ein Teil des Highways selbst. Ein heranrasender Wagen stürzte von der geborstenen Fahrbahn. Ein nachfolgender prallte auf ihn. Ein Neonschild kippte auf die verkeilten Wagen.

Von Rachel dirigiert, bog Harry in eine Seitenstraße ein und fuhr zu einer weniger befahrenen Parallelstraße, die nur in unregelmäßigen Abständen befahren wurde. Rachel blickte aus dem Fenster zu dem Berg hoch, der noch immer in den letzten Strahlen des Sonnenlichtes erglühte.

Er glänzte wie ein Schinken über den friedlichen Vorstadthäusern, spuckte aber tintige Wolken vulkanischer Asche.

Harry griff nach dem Mikrofon seines Autofunkgeräts.

»Jemand da?« fragte er in das Mikrofon. »Paul?«

Im Konferenzraum des Motels drückte Dreyfus die Empfangstaste des Funkgeräts. »Harry, Harry, ich höre dich«, sagte er. »Wo bist du?«

Harry sprach in das Funkgerät, während er den Wagen mit einer Hand um eine Böschungsmauer steuerte, die auf die Straße stürzte. Er machte sich keine Mühe, die Tatsache zu verbergen, daß er außer sich vor Wut darüber war, daß sie sich in dieser entsetzlichen Situation befanden. Er hatte sich geschworen, daß dies nie wieder geschehen würde. Daß diejenigen, die er liebte, nie wieder einer solchen vermeidbaren Gefahr ausgesetzt werden würden.

»Ich fahre Rachel zu ihrem Haus, um ihre Kinder zu holen«, sagte er nicht sehr freundlich. »Sobald das erledigt ist, komme ich, um euch beim Packen zu helfen.«

Dreyfus verstand seinen Ärger. Anderes war unmöglich. »Harry, was immer auch werden mag«, sagte er, »du hattest recht und ich lag falsch. Tut mir leid.« Das war alles, was er sagen konnte. Hätte er die Chance, die Sache von vorne und anders anzugehen, er hätte es getan.

»Wir sehen uns bald, Paul«, sagte Harry und schaltete ab.

42

Die Beben kamen jetzt wirklich nacheinander, und es waren keine Mikrobeben mehr.

Eine Reihe Autos versuchte, vorbei an den umgestürzten Wagen und dem heruntergefallenen Schild, auf den Highway zu gelangen. Ohne Vorwarnung stürzte die Stadthalle auf mehrere Wagen. Dieser Weg aus der Stadt war damit endgültig abgeschnitten. Die anderen Fahrzeuge versuchten in einem Gewühl zu wenden, einen anderen Weg aus der Stadt zu finden.

Tony, der Friseur, wollte endlich seinen Laden schließen, als Chief Vincent hereingeeilt kam. Er wollte keinen Haarschnitt, sondern das, was er dort versteckt hatte: drei leinengebundene Hauptbücher, die in Tonys Lagerraum sicher deponiert waren. Die Bände Nummer 8, 9 und 17 seiner mündlich überlieferten Geschichte der Bars. Er dankte Tony mit einem Kopfnicken und eilte dann hinaus – er lief die Straße hinunter zu einer Buchhandlung, wo er wahrscheinlich weitere Bände versteckt hatte.

Harry und Rachel fuhren mit dem Suburban auf die Hauptstraße zurück, dann auf die Brücke zu, welche diese Einkaufszone von Cluster's Motel und dem Viertel trennte, in dem Rachel wohnte. Sie konnten durch die Windschutzscheibe Sheriff Turner sehen, der vor seinem Streifenwagen stand und den Verkehr lenkte, versuchte, etwas Ordnung in das Chaos zu bringen.

Der Boden unter der Stadt zitterte wie ein Sortiertisch in einer Obstgroßhandlung. Es war nicht ein Beben nach dem anderen, sondern ständiges Vibrieren.

Harry und Rachel näherten sich dem Bankgebäude. Autos blockierten die Straße völlig. Das Gebäude begann einzustürzen, fiel in einer Staubwolke zusammen wie ein Kartenhaus. Es neigte sich nach vorn, begrub ein Auto unter sich.

Herumfliegende Trümmerstücke verfehlten den Suburban nur knapp, als Harry das Lenkrad herumriß und in eine Gasse abbog, sie hinunterraste und nach einem freien Weg zu Rachels Haus suchte.

Transformatoren explodierten ringsum, und Feuer lohten auf, als sie durch die Gasse fuhren.

Rachel hatte ihn gewarnt, daß die Brücke ein Problem werden würde.

Sie war eins. Der Verkehr hatte sich gestaut, blockierte die Straße, die zu der Brücke führte. In dem Augenblick, als der Suburban auf den Stau traf, explodierte eine der Tanksäulen an der Tankstelle an der Kreuzung und ging in Flammen auf. Die Wagen setzten in aller Eile zurück.

Harry fuhr durch die vorübergehend entstehende Lücke und raste über die Brücke. In Sekunden war er auf der Straße, die zu Rachels Haus führte.

Hoch droben spuckte der Berg weiter Tonnen schwarzer Asche in die Luft. Sie begann, sich wie ein feiner, schmieriger Regen auf die Stadt zu senken, bedeckte alles.

Dick Boyd, der mit seinem kirschroten MG heimfuhr, sah, wie die graue Asche auf seinen frischlackierten Wagen niedersank, sah, welchen Schaden das Zeug auf dem Autolack anrichtete. Cleverer Unternehmer, der er war, erkannte er geradezu zwanghaft eine Möglichkeit zur Umsatzsteigerung. Er brauchte nur eine Minute, um aus dem Wagen zu springen und seine Visitenkarten unter die Scheibenwischer der ganzen Reihe aschebedeckter Autos zu stecken.

Während Boyd in sein Auto stieg, um heimzufahren und seine Frau und seine beiden Kinder zu holen, raste Warren Cluster mit seinem Sohn und seiner berauschten Exfrau in seinem Wagen vorbei, raste aus der Stadt. Cluster hatte das Motel verlassen, ohne abzuschließen, und floh einfach. Seine Exfrau wirkte völlig nüchtern, war vor Angst wie erstarrt.

Harrys Suburban kam schlitternd vor Rachels Haus zum Stehen. Rachel sah sofort, daß etwas nicht in Ordnung war. Sie brauchte nicht erst auf dem Vorhof zu suchen. »Mein Wagen ist weg!« sagte sie.

Harry und Rachel sprangen aus dem Wagen und rannten ins Haus.

»Graham!!! Lauren!!!« schrie sie. Sie befürchtete das Schlimmste.

Oben auf dem Berg, auf einer sich windenden Straße, die im Dunkel des schwindenden Tages lag, röhrte Rachels Landcruiser. Graham fuhr den Wagen, und Lauren schaute angestrengt durch die Windschutzscheibe nach vorn. Der Wagen geriet an einer Steilkante ins Rutschen. Graham brachte ihn mit Mühe auf die Straße zurück.

43

Rachel schoß in Grahams Zimmer und sah sich hektisch um. Sie entdeckte die handgeschriebene Notiz am Fußende des Bettes. Sie las Grahams Gekrakel, als Harry in die Tür kam.

»O mein Gott!« sagte sie. Es war schlimmer, als sie erwartet hatte. Sie sah Harry an. »Sie sind auf den Berg gefahren, um ihre Großmutter zu holen!« sagte sie. Furcht lief wie ein Tier über ihren Rücken.

Harry und Rachel rannten aus dem Haus und schwangen sich in den Suburban. Sie rasten die Straße hinunter und wollten in Richtung Stadt abbiegen. Harry fuhr langsamer und schaute in der sich senkenden Dämmerung auf die Brücke. Sie war völlig blockiert.

Er schaute auf den schnell strömenden Bergfluß. Es schien Harry, als sei der Wasserstand höher als zuvor. Was bedeuten konnte, daß der Vulkan sich bereits seit einiger Zeit aufgeheizt hatte – buchstäblich. Heißes Magma, das sich der Oberfläche näherte, mußte das Eis und den Schnee am Gipfel geschmolzen haben, so daß mehr Wasser in das Ablaufsystem floß, das sich in mehrere schmelzwassergespeiste Flüsse wie diesen ergoß.

»Gibt's einen anderen Weg über den Fluß?« fragte Harry.

Rachel schaute ihn gequält an. »Nein!« sagte sie.

Harry legte heftig den Gang ein und fuhr los. Staub und Kies flogen auf, als er den Wagen von der Brücke wegsteuerte, über die Straße schoß und direkt das Ufer hinunter auf den Fluß zufuhr.

»Bist du wahnsinnig?« sagte Rachel, die sich festklammerte.

Der Wagen raste platschend in den Fluß und warf eine riesige Wasserwand hoch. Und dann fuhr er weiter.

Fuhr in die langsame Strömung an der Brücke in den reißenden Wassersog in der breiten Mitte des Flusses. Das Wasser stieg bis zur Kühlerhaube des Suburban hoch. Aber das schwere Fahrzeug fuhr weiter.

Stromaufwärts, am anderen Ufer, nahe der Brücke, sah der Fahrer eines Volvo, der darauf wartete, auf die Brücke zu kommen, daß der Suburban den Fluß offensichtlich mit Leichtigkeit durchquerte. Wenn die das können, kann ich das auch, dachte der Fahrer. Er bog vom Ufer ab ins Wasser. Ein anderer Wagen folgte.

Diese Autos waren nicht für die Durchquerung eines Flusses ausgerüstet. Sie stießen in das rauschende Wasser, fuhren drei oder vier Meter weit, und dann soffen die Motoren ab. Sie wurden schnell von der starken Strömung erfaßt und herumgewirbelt. Sie begannen, flußabwärts zu treiben.

Im Innern des Suburban schaute Rachel voller Furcht und Staunen zu, wie sie tiefer in den Fluß hineinfuhren und das Wasser an den Fenstern zu lecken begann. Wunderbarerweise schien der Suburban sich dort wohl zu fühlen. Das überraschte nicht, da der Luftansaugstutzen des Motors und der aufrecht stehende Auspuff hoch über dem Wasser waren.

Sie hatten Dreiviertel des Weges geschafft und gelangten zügig ans andere Ufer, als Rachel den Kopf drehte und etwas auf sie zukommen sah. Ihr Herz blieb fast stehen. Zwei Autos trieben direkt auf sie zu. Das Wasser war zu tief, als daß Harry hätte schnell manövrieren können. Er hatte nur etwas mehr Kontrolle als die anderen Wagen.

»Halt dich fest!« sagte Harry.

KRACHEN! Einer der Wagen rammte sie heftig. Der Suburban schwankte, zitterte, fand dann aber wieder Halt.

Der andere Wagen, der Volvo, prallte ebenfalls gegen sie, wurde wie Treibholz flußabwärts gerissen. Die entsetzten Fahrer sprangen nacheinander aus ihren Autos und schwammen um ihr Leben.

Der Suburban faßte mehr Halt und fuhr dem anderen Ufer zu. Eine zweite Zapfsäule explodierte an der brennenden Tankstelle im Hintergrund in dem Augenblick, als Harry aus dem Fluß fuhr.

Der Suburban erreichte die Straße. Sie rasten mit Vollgas durch die Stadt. Hinter ihnen explodierte einer der unterirdischen Vorratstanks der Tankstelle, der bis auf Benzindämpfe leer war, wie eine Bombe. Metallstücke des Tankstellenüberbaus regneten auf die Straße um den Suburban drei Blocks weiter herunter.

44

Der Landcruiser stieg den Berg zum Mirror Lake hoch.

Graham, der am Steuer saß, konzentrierte sich darauf, den Wagen seiner Mutter auf der sich gefährlich windenden Straße zu halten.

Lauren, die auf dem Beifahrersitz saß, klammerte sich an das Instrumentenbrett und preßte ihr Gesicht dicht an die Windschutzscheibe. Durch die herunterfallende Asche war es fast unmöglich, etwas zu sehen, selbst bei Tageslicht, und jetzt brach die Nacht herein.

»Vielleicht solltest du das Licht einschalten«, sagte Lauren.

»Ist eingeschaltet«, gab Graham zurück.

»Wie wär's mit den Scheibenwischern?« fragte Lauren.

Graham dachte nach. »Ich weiß nicht, wo die eingeschaltet werden«, sagte er.

»Werd' ich finden«, sagte Lauren. Sie bewegte sich Richtung Lenkrad. Graham schob sie mit seinem Knie zurück.

»Hör auf«, sagte er. »Spiel hier nicht rum ... du bringst was durcheinander.«

»Und was?« fragte sie.

»Weiß nicht«, sagte er. »Irgendwas.« Die Wahrheit war,

daß er wirklich Angst hatte. Lauren konnte das spüren, und das machte ihr noch mehr angst. Es gab einen merkwürdigen Schlag, und Graham versuchte, auf der Straße zu bleiben. Er war noch entnervter. Er wußte, daß er nirgendwo dagegen gefahren war. Die Straße bewegte sich. Die Erde schüttelte sich wie ein nasser Hund.

Felsen krachten auf die Straße vor ihnen hinunter.

Irgendwie – entweder durch schieres Glück oder durch Ruths Fahrstunden – gelang es Graham, den Wagen auf der Straße zu halten, als er das Lenkrad nach rechts und dann nach links riß und um die Felsen herumfuhr.

Als sie auf die nächste Kurve zurollten, wo die Straße sich verengte und der Boden an der rechten Seite steil abfiel, sagte Lauren mit dünner Stimme: »Vielleicht war das doch keine so gute Idee.«

Rachel, die im Suburban saß, dachte gerade, was für eine schlechte, sehr schlechte Idee ihre Kinder gehabt hatten, drückte die Ziffern des Funktelefons, versuchte, Ruth im Blockhaus anzurufen. Sie erhielt nur die Nachricht: »Bedaure – alle Leitungen besetzt – versuchen Sie's später noch einmal ...«

»Verdammt«, sagte sie. Sie versuchte es wieder. Sie bekam dieselbe Nachricht.

In dem provisorischen Observatorium beobachteten Nancy und der Rest des Teams noch immer Instrumente und werteten Daten aus. Niemand hatte auch nur vorgeschlagen, zu gehen. Dies war eine einmalige Gelegenheit, die Kurve von anfänglichen Zeichen von Gefahr bis zur Eruption aufzuzeichnen, alles normalerweise in wenigen Wochen, jetzt aber in wenigen Stunden. Das Ergebnis war vielleicht ein neues Vorhersageprofil, das einen neuen Standard setzen könnte.

Greg kauerte vor dem Computer, gab die letzten Werte der Seismometer, Neigungsmesser und Spannungsmesser in ein Programm ein. Der Computer integrierte das in eine dreidimensionale rotierende Grafik. Jetzt konnte Greg ein computeranimiertes Bild der Magmasäule sehen, die im Vulkan aufstieg.

Er rief das Team zu sich. Sie pfiffen und gaben leise Kommentare von sich. Als die Grafik sich drehte, konnten sie sehen, daß eine große Menge Magma in die Südwestflanke von Dante's Peak, nahe dem Gipfel, einströmte. Wenn das so weiterging, war eine heftige Eruption eine naheliegende Möglichkeit. Deren Gewalt würde Trümmerstücke direkt auf die Stadt schleudern.

Sie sahen sich an, beurteilten diese neue Information …

Während die meisten Einwohner von Dante's Peak mit ihren Autos die Ausfallstraßen der Stadt blockierten, sammelte sich eine Menschenmenge an dem Parkplatz unmittelbar gegenüber von Cluster's Motel.

Das Gerücht kursierte, daß ein Hubschrauber käme, um Menschen auszufliegen.

Jetzt konnten die Menschen seinen Motorenlärm am Nachthimmel hören. Sein Landescheinwerfer flammte auf. Momente später kam er aus dem Dunkel in das Meer von Licht hinunter, das die Straßenlaternen rings um den Parkplatz warfen. Charterpilot Hutcherson landete seinen Mietvogel weich.

Die Menschen suchten Deckung vor dem Staub und dem

groben Kies, der durch die Rotoren aufgewirbelt wurde. Kaum hatte der Helikopter den Boden berührt, stürmten sie vor, öffneten die Türen und versuchten einzusteigen.

Auf der anderen Straßenseite sprang Nancy ans Fenster, angezogen von dem Womp-Womp-Womp des anfliegenden Hubschraubers. Sie starrte zu den Menschen hinüber, die sich um den Vogel scharten und einstiegen.

»Oha!« sagte sie. »Sieht aus, als ob unser Arsch von Pilot vorhat, Leute von hier auszufliegen!«

Dreyfus kam ans Fenster, um hinauszuschauen. »Gott«, sagte er. »Wenn der Asche in seine Maschine bekommt, ist er hin. Weiß er das nicht?«

Dreyfus stürmte aus der Tür des Konferenzzimmers.

Der Hubschrauberpilot versperrte den meisten Menschen die Tür, ließ nur wenige ausgewählte hinein, die offensichtlich zahlten. Er zählte schnell – der Hubschrauber, der auf seinen Landekufen tiefer sackte, war bereits mit Menschen überfüllt. Er verriegelte die Tür.

Elliot Blair, der auf dem Vordersitz saß, blätterte Hutcherson Schein um Schein von einem dicken Geldbündel hin, während der Pilot sich an seinem Sitz anschnallte. Les Worrell reichte ihm eine Handvoll Scheine vom Rücksitz. Hutcherson stopfte das Bargeld in seine Fliegerjacke und ließ die 1.400 PS starke Lycoming-Turbine zum Start wieder an.

Dreyfus rannte aus dem Hotel und überquerte genau in dem Moment die Straße, als das Motorengeräusch sich zu einem hohen Winseln gesteigert hatte. Ein Mann kam vom Parkplatz an Dreyfus vorbeigerannt. »Er nimmt fünfzehntausend pro Kopf«, sagte der Mann. »Nur bar.«

Dreyfus winkte dem Piloten verzweifelt zu. »HALT! …

HALT!!« brüllte er. »Verflucht …« Aber zu spät. Seine Stimme ging im Dröhnen des startenden Hubschraubers unter. Er stand da, sein Haar vom Windwirbel zerzaust. »Versuch's nicht«, sagte er fast zu sich selbst, während er zuschaute, wie der Hubschrauber in den von Asche erfüllten Himmel emporstieg. Er warf seine Arme verzweifelt in die Luft.

45

Der Pilot zog den Hubschrauber in einem Steilwinkel von den Hochspannungsleitungen der Stadt weg. Nachdem er die Minimalhöhe erreicht hatte, legte er die Maschine in eine Kurve, um über die Stadt zurückzufliegen. Er wollte den tiefsten Einschnitt zwischen den Bergen ansteuern. Es war eine Route, die sie auf ihrem Weg ins Freie kurz längs der Flanke von Dante's Peak vorbeiführen würde.

Die aneinandergedrängten ängstlichen Passagiere schauten auf ihre angeschlagene Stadt und machten sich bereit, erleichtert aufzuatmen. Ironischerweise war das Atmen plötzlich ein Problem. Gase drangen plötzlich durch die Dämpfe in der Luft von draußen ein, brachten sie zum Husten und Würgen.

»Geht's nicht schneller?« sagte Blair, als der Hubschrauber noch immer mühsam in sehr niedriger Höhe über die Geschäfte und Häuser flog.

»Wir haben hier zwölf Leute drin. Wir sind schwer«, sagte Hutcherson gereizt. »Sie wollen doch nicht … O GÜTIGER GOTT!«

Der Schwanz einer riesigen, schwarzen, zusammenfallenden Wolke fegte von dem Berg herunter, riß den Boden vor ihnen mit winzigen Explosionen auf und zog sich wieder zurück. Sie flogen direkt darauf zu.

»Was?!« Les starrte in die Dunkelheit. »Was ist das?«

»Maul halten! Ich kann nicht denken!« sagte der Pilot, während er auf jede Kontrolle vor sich schlug, den Hubschrauber in scharfer Kurve von der heranwalzenden Aschenwolke wegbringen wollte.

Aber es war vergeblich. Die Rotorflügel schnitten in den Aschensturm. Das Zeug wurde in die Turbine gesaugt, und die spuckte und hustete und erstarb. Entsetzte Stille.

Ein Ausdruck von Entsetzen breitete sich über Hutchersons Gesicht. Seine Hände erstarrten an den Kontrollen. Der Helikopter schwebte für einen endlosen Augenblick. Die Schreie zerrissen die Luft, als er zu sacken begann.

Die freidrehenden Rotoren wirkten wie ein Fallschirm auf dem Hubschrauber, verlangsamten das Absacken ein wenig – aber nur ein wenig. Die Maschine war zu schwer. Zu viele Passagiere. Sie fiel einfach vom Himmel herunter, schnell, die Landekufen zwar unten, aber ohne jedwede Kontrolle.

Harry hatte den Suburban gerade auf die Straße am Stadtrand gebracht, die zu dem Paß nach Mirror Lake führte. Er blickte auf und trat instinktiv auf die Bremse, als der Hubschrauber direkt auf sie herunterzustürzen drohte.

Der Helikopter prallte auf dem Hügel vor ihnen auf, rollte an ihnen vorbei über die Straße in ein darunterliegendes Lagerhaus und explodierte mit enormer Gewalt in einem Feuerball.

Ein entsetzlicher Anblick. Niemand im Hubschrauber konnte das überlebt haben.

Der Suburban kam rutschend zum Halt – Harry und Rachel blickten auf das Inferno zurück. »O mein Gott«, sagte Rachel.

Die Flammen spiegelten sich in Harrys Gesicht. »Wo sind wir?« fragte Harry, während er nach dem Mikrofon griff.

»Oberhalb Exeter Street«, sagte Rachel.

Harry sprach in das Mikrofon. »Kann mich jemand hören?« fragte er. »Ein Hubschrauber ist abgestürzt! An der Exeter Street am Stadtrand. Schickt die Feuerwehr her!«

In dem provisorischen Observatorium drehten sich alle vom Team zu dem Funkgerät um und verzogen die Gesichter, als sie die schlechte Nachricht hörten. Sie hatten es erwartet – all diese Menschen.

»Okay, Harry!« sagte Stan in sein Mikrofon. »Wir geben's weiter.«

Harry hakte sein Mikrofon wieder in die Halterung ein und starrte auf das lodernde Wrack. »Wir können nichts tun«, sagte er. »Wir müssen zu deinen Kindern.« Er gab Gas und brachte sie fort von dem brennenden Wrack und fuhr in Richtung Berg.

Harry griff wieder nach dem Mikrofon. »Rachels Kinder sind auf den Berg gefahren. Wir fahren dorthin, um sie zu holen.«

Unten in dem provisorischen Observatorium wechselte das Team ernste Blicke, während sie Harrys Worte hörten, schauten auf die Seismographen und den Computerbildschirm, der zeigte, wie das animierte Magma aufstieg.

»Er ist verrückt«, sagte Greg mit gepreßter Stimme. »Er hat nicht genug Zeit.«

Stan beugte sich zum Mikrofon. »Harry, hör zu. Wir glauben nicht, daß du genug Zeit hast.«

Sie warteten. Keine Antwort. Sie starrten auf die Computerdarstellung der in Dante's Peak eindringenden Magmamasse. Vielleicht würde sie nicht weiter steigen und einfach irgendwo in der Tiefe erstarren, ihren Dampf nach und nach abgeben.

Vielleicht. Aber nicht wahrscheinlich, nach dem bisherigen Verhalten zu urteilen.

Höchstwahrscheinlich würde es ein Mount St. Helen's werden. Aber nicht so stark, natürlich.

Der Ausbruch des Mount St. Helen's war von einer Größe, die in der Neuzeit selten ist – eine Magmadampfexplosion, die der von 21 000 Atombomben von der Stärke der über Hiroshima abgeworfenen entsprach. Als der Mount St. Helen's explodierte, stieß er Magma, Gestein und Asche in horizontaler Richtung mit einer Geschwindigkeit von 500 Meilen pro Stunde aus. Der Dampf, der aus dem hellroten heißen Magma stieg, war so heiß, daß er im Dunkel wie eine Flamme glühte.

Mochte Gott verhüten, daß eine solche Explosion oder auch nur der Bruchteil einer solchen Explosion stattfand, wenn Harry oder einer von ihnen sich im Umkreis von zehn Meilen dieses Berges befand.

46

Die Lichter in Ruth's Haus brannten, als der Landcruiser rutschend und schlitternd zum Halten kam. Die Scheinwerfer des Fahrzeugs vermochten die Dunkelheit kaum zu durchdringen. Ihr Licht wurde von der dicken, ascheerfüllten Luft reflektiert. Im Innern des behaglichen Holzhauses schien Ruth ihr Leben so zu führen, als sei alles völlig normal.

Die Kinder sprangen aus dem Wagen. Beide schrien: »Großmutter! Großmutter!«

Ruth eilte mit Roughy aus der Haustür, völlig überrascht, ihre Enkel zu sehen. »Was macht ihr denn hier?« fragte sie, während sie die beiden umarmte.

»Großmutter«, sagte Lauren, »wir sind hier, um dich und Roughy rauszuholen.«

»Was?!« sagte Ruth.

»Steig in den Wagen, Großmutter«, sagte Graham, faßte sie bei der Hand und zog sie.

»Ihr seid hierhergefahren?« fragte Ruth. »Ganz allein?«

»Mußten wir«, sagte Graham.

»Eure Mutter wird euch umbringen«, sagte Ruth. Und mich auch, dachte sie.

Ein ruckartiges Zittern ... und Roughy winselte und jagte davon. Direkt an Graham vorbei und fort in den Wald neben dem Haus.

»Roughy!« rief Ruth bestürzt. »Roughy!« Sie lief dem Hund nach.

Harry steuerte den Suburban mit hohem Tempo die Bergstraße hoch.

»Ist jetzt nicht mehr weit«, sagte Rachel mit grimmiger Miene.

Harry erreichte eine gerade Strecke und gab Gas – in dem Moment, als der Boden sich vor ihnen hob. Der Suburban hüpfte und sprang wie ein Wildpferd und war gerade über den Buckel hinweg, als ...

Broch!

Ein Felsrutsch an dem Hang über ihnen entwurzelte einen Baum. Er fiel krachend auf die Straße. Andere Felsen donnerten vor ihnen auf die Straße.

Harry reagierte instinktiv, riß den Suburban hart herum, gab wieder Gas, umfuhr das Hindernis. Als er mit schleuderndem Heck auf die Straße zurückkam und vor sich alles frei sah, begannen hinter ihnen die Probleme. Große Probleme.

Ein Bergstück hoch über ihnen, ein riesiger, weit vorragender Granitfels, war durch die wiederholten Beben erschüttert worden, hatte sich immer mehr gelockert. Jetzt verlor er den Halt. Die ganze Seite des Berges begann zu rutschen. Sie kam tosend auf die Straße herunter und verschüttete sie. Es gab keinen Weg mehr bergabwärts.

Rachel schaute zurück, sah die gigantische Wolke, die da aufstieg und wußte, daß sie gefangen waren. Voller Bestürzung wandte sie sich an Harry. Dann biß sie sich auf die Lippe, versuchte, sich nicht von den schrecklichen Folgen unterkriegen zu lassen. Ihre Kinder brauchten sie und Harry. Sie würden aus all dem rauskommen.

In den dunklen Wäldern, erstickend tiefe Luft atmend, versuchten Lauren und Graham mit ihrer Großmutter Schritt zu halten, während sie alle nach Roughy riefen.

Schließlich hörte Ruth, erschöpft und außer Atem, mit dem Rufen auf. Und was sie dann durch die stinkende Luft hörte, veranlaßte sie, stehenzubleiben – die süßen, jungen, kräftigen Stimmen ihrer Enkelkinder, die nach der alten Hündin riefen. Dies waren Babys. Sie hatten noch ihr ganzes

Leben vor sich. Diese sinnlose Jagd nach Roughy brachte sie in Gefahr. Sie befreite sich von dem Nebel, in den sie sich gehüllt hatte.

Lauren und Graham liefen zu beiden Seiten von ihr durch die Wälder und riefen verzweifelt nach Roughy.

»Großmutter, hast du sie gesehen?« rief Lauren.

Ruth rief zurück: »Wir müssen umkehren. Sofort.«

»Aber wir können sie doch nicht ...«, sagte Lauren und wandte sich zu ihrer Großmutter.

Das Gesicht von Ruth sah jetzt anders aus. Es war ein Ausdruck, den Lauren und Graham selten gesehen hatten. »Ich sagte sofort!« schnappte Ruth und streckte ihre Hände nach den Kindern aus. Sie machte mit den beiden kehrt und begann, durch den Wald zurückzulaufen.

Zur selben Zeit erreichten Harry und Rachel mit dem Suburban die unbefestigte Straße, die zu dem See und dem Haus führte. Rachel schrie: »Dort!«, während sie auf die Abbiegung deutete.

Harry bremste scharf, rutschte ein paar Meter, riß das Steuer herum und lenkte den Wagen von der Bergstraße hinunter auf den Weg zu Ruth.

Er fuhr im Slalom über den unebenen Weg und kam rutschend vor dem erleuchteten Haus zum Stehen. Er steckte das Funkgerät ein, und dann sprangen er und Ruth aus dem Wagen. Er schaltete eine starke Taschenlampe ein.

Sie rannten an Rachels Landcruiser vorbei. Rachel schrie: »Graham! Lauren!« Sie blieben stehen, als sie die offene Tür des Holzhauses sahen.

Nur Stille begrüßte sie. Rachels Mut sank. Sie versuchte zu

überlegen, wo sie sein könnten, wie sie zu ihnen gelangen könnte, als ...

Ruth und die Kinder kamen aus dem Wald. Roughy nicht, aber die Kinder und Ruth sahen wohlbehalten aus.

Harry lächelte. Freudentränen rannen über Rachels Gesicht, als sie losrannte, um ihre Kinder zu umarmen. Sie hielt sie fest, während sie zu Graham sagte: »Oh, ich bin so wütend auf dich.«

»Tut mir leid, Mam«, sagte Graham, aber in diesem für ihn typischen Tonfall. Er haßte es wie jeder Teenager, etwas Falsches getan zu haben, sich entschuldigen zu müssen. Dabei habe ich nur getan, was ich tun mußte! sagte er sich. Aber er war klug genug, das nicht auszusprechen.

»... ist nicht nur Grahams Schuld«, sagte Lauren, »es war auch meine Idee.«

Rachel richtete sich auf und ließ ihre Kinder los. Sie starrte Ruth wütend an.

»Schau nicht so, als ob das meine Schuld sei. Ist es nicht«, sagte Ruth gereizt. »Und jetzt nimm einfach die Kinder, pack sie in deinen Wagen und fahr heim.« Sie weigerte sich, von dieser Frau ins Gebet genommen zu werden. Von dieser Frau, die, wie sie meinte, der Grund dafür war, daß ihr Sohn davongelaufen war, die Gegend verlassen hatte, sie im Stich gelassen hatte, seine eigene Mutter. Das konnte sie Rachel nicht verzeihen.

»Wenn wir könnten, würden wir fahren, Ruth«, sagte Rachel, »aber die ganze Straße ist hinter uns einfach weggefegt worden.«

Ruths Augen wurden groß – aus Angst um ihre Enkelkinder.

»Ich schwöre bei Gott, Ruth«, sagte Rachel mit zusammengebissenen Zähnen, »wenn meinen Kindern irgend etwas zustößt wegen deines dummen, unverantwortlichen Verhaltens, dann werde ich ...«

Ruth ließ sich nicht einschüchtern, obwohl sie abwehrend reagierte. »Ich habe ihnen nicht gesagt, daß sie hochkommen sollen«, sagte sie. »Dies ist nicht meine Schuld.«

»Sie sind hier, weil sie dich lieben«, sagte Rachel. »Und wenn ihnen etwas zustößt, dann ist das deine Schuld. Das kannst du mir glauben.«

»Bitte, Großmutter«, sagte Graham und nahm ihre Hand. »Du mußt mit uns kommen.«

Ruth sah ihre Enkel an. Sie mußte eine schwere Entscheidung treffen. Dann gab sie widerwillig nach. Sie ging schnell zu ihrem Haus.

»Ich muß ein paar Sachen packen«, sagte sie über die Schulter.

Harry ihr nach: »Beeilen Sie sich. Wir müssen von diesem Berg runter.« Er schaute zu dem rülpsenden Kegel von Dante's Peak hoch. In den Schwaden schwarzer Asche waren Streifen von aufschießendem Dampf, die im Dunkeln wie Flammen glühten.

47

In dem kieferpanellierten Konferenzraum in Cluster's Motel saßen Dreyfus und die Teammitglieder noch immer vor den Instrumenten. Aber sie waren erschöpft und wurden langsam gereizt.

Greg versuchte etwas Stimmung zu machen. »Seit kurzem nur viele kleine Eruptionen«, sagte er, »und nachlassend.«

»Vielleicht sind wir über den Berg«, sagte Stan, der den Ball auffing.

Nancy schaute die beiden an, als ob sie verrückt seien, und tippte auf den Bildschirm des Computerterminals. Darauf war die Animation des hochsteigenden Magmas zu sehen. »Seht klar, Leute«, sagte sie. »Der räuspert sich nur. Hat nicht einmal angefangen zu singen.«

Harrys Stimme kam über Funk. »Paul, Harry hier. Jemand da?«

Dreyfus nahm das Mikrofon. »Harry, wo bist du?« sagte er.

Im Haus von Ruth gab es keinen Strom mehr, und Harry sprach über sein batteriebetriebenes Handgerät. Im Hintergrund ging Ruth hektisch ihre Habe durch, überlegte, was sie mitnehmen sollte. Die Kinder leuchteten ihr mit Taschenlampen.

»Ich bin oben am Mirror Lake, am Haus«, sagte Harry. »Die Straße ist weg. Aber wir alle sind okay.«

Lauren rief: »Aber Roughy nicht!«

In dem Observatorium im Hotel sagte Dreyfus ins Mikrofon: »Das entwickelt sich zu einer Katastrophe. Ich schicke einen Hubschrauber, sobald der Wind die Aschewolken wegweht.«

»Hör zu«, kam Harrys Stimme aus dem Lautsprecher, »verschwindet so schnell wie möglich, Paul. Bevor es zu spät ist. Wartet nicht auf uns.«

Während des letzten Satzes brach Harrys Stimme ab.

»Harry, kannst du mich hören?« sagte Dreyfus. »Bist du noch dran, Harry?«

Keine Antwort von Harry. Die Verbindung war abgebrochen.

»Vielleicht ist seine Batterie erschöpft«, sagte Greg, der ans Funkgerät sprang und an den Knöpfen drehte, um Harry wieder empfangen zu können.

»Ich werde so lange bleiben wie möglich«, sagte Dreyfus grimmig. »Aber ihr solltet verschwinden – und das jetzt.«

Sie lächelten und schüttelten die Köpfe. Nein.

Die Wahrheit war, daß ihr Lächeln geheuchelt war. Der Van war zu zwei Drittel gepackt, und sie waren seit vielen Stunden abfahrbereit – brannten darauf, zu fahren –, sobald Harry da war. Aber keiner von ihnen würde gehen, solange einer aus dem Team festsaß. Das war ein ungeschriebenes Gesetz. Sie würden nichts anderes erwarten, wenn sie sich selbst in einer solchen Situation befanden. Dazu gehörte auch, keine Angst zu zeigen.

»Wer würde schon gehen wollen, wenn Gott mit seiner großen Schau beginnt?« sagte Stan.

»Ihr könnt nicht genug von dem irren Stoff bekommen, was, Jungs?« sagte Nancy.

Im Südwestquadranten des Kraters von Dante's Peak hatte sich eine Kuppel gebildet – ein riesiger Wulst im Fels, hervorgerufen durch Magma, das unter Druck nach oben stieg. Jetzt erreichte die Oberfläche der Felskuppel einen kritischen Punkt und ein Riß öffnete sich. Ein Strahl hellroten Magmas spritzte heraus – »Lava«, nachdem es die Luft erreicht hatte. Der Spalt wurde größer, erst ein Springbrunnen, dann ein reißender Strom von Lava schoß heraus und floß auf den Rand des Kraters zu. Dort kam er kurz zum Stocken, lief dann über und floß wie Wasser über den steilen Hang des Kegels hinunter. Ein schwellender Fluß von geschmolzenem Gestein nahm seinen Weg bergabwärts.

In dem Haus am See half Rachel Ruth beim Packen, versuchte, sie zur Eile zu drängen. Ruth betrachtete das Foto eines lächelnden jungen Paares, das ein Baby hielt. Sie lächelte. »Das wurde in dem Sommer aufgenommen, als wir das Haus hier bauten«, sagte sie. »Brian war sechs Monate alt.«

Rachel war bis zur Raserei aufgebracht. Zum einen, weil Ruth ihr dieses Foto mindestens zwei Dutzendmal gezeigt hatte, als ob es das erste Mal sei. Zum anderen, weil sie absolut keine Zeit für Erinnerungen hatten. Diese Frau war auf dem besten Wege, sie um den Verstand zu bringen. Oder Schlimmeres.

»Für Erinnerungen ist jetzt keine Zeit, Ruth«, sagte Rachel. »Pack einfach zusammen, was du brauchst, und dann laß uns von hier verschwinden.«

Ruth fuhr mit dem Packen fort. Sie wählte aus, legte zurück. Schaute liebevoll Stücke an, die sie besonders mochte, war unfähig, sich von ihnen zu trennen. Zum Beispiel von einem Bronzepferd von Remington, das ihrem Mann gehört hatte, natürlich konnte sie das nicht mitnehmen. Und doch ...

Rachels Blicke fielen wie Dolche auf den Rücken von Ruth. Laß uns gehen! wollte sie schreien.

An dem Berghang oberhalb des Hauses schob sich schnell ein Strom von hellrot-oranger Lava zischend und knisternd durch die Bäume abwärts, setzte alles in Brand, was in seinem

Weg war – Kiefern, Gebüsch, den ganzen Waldboden, bedeckt mit Nadeln, Humus und abgefallenen Ästen. Die Nacht wurde unheimlich erhellt von dem todbringenden Moloch, der sich den Hügel hinunterschob.

Jetzt tauchte der Lavastrom an dem Kamm hinter dem Haus auf, vorwärts geschoben von einer immer stärker zunehmenden Kaskade der Masse. Er ergoß sich über den Kamm und schnitt einen brennenden Weg in den steilen Hang. An dessen Fuß verbreiterte er sich und marschierte in breiter Front durch das Unterholz zum See zu.

Ruths wunderschönes Blockhaus stand ihm im Wege.

Die rotglühende Lava stieß auf das Felsfundament an der Rückseite des Hauses und floß zu beiden Seiten um das Gebäude herum. Sie floß über den Parkplatz und um den rostbraunen Suburban und den blaßblauen Landcruiser. Erst setzte sie die Reifen in Brand, dann den Rest der Fahrzeuge.

Die Menschen drinnen wußten nicht, daß die tödlichen Finger des Vulkans sich bereits so weit nach unten ausgestreckt hatten. Sie glaubten, sie hätten noch Zeit ...

48

»Los jetzt«, sagte Harry. »Höchste Zeit zu gehen.«

Ruth wandte sich an Rachel und wiederholte, was sie glauben wollte. »Rachel«, sagte sie, »ich glaube noch immer, daß uns dieser Berg nie etwas antun wird.«

Rachel war wirklich am Ende ihrer Fassung. Sie warf die Tasche, die sie gepackt hatte, hin und funkelte Ruth wütend an. »Du bist verrückt«, sagte sie.

Harry schaute verärgert aus dem Fenster. Hatten diese Frauen denn überhaupt kein Gespür für …

Er unterbrach sein Grübeln und starrte nur noch. Ein Band glühender Lava durchdrang die Dunkelheit, floß den Berg herab, direkt um das Haus.

KRACH!

Etwas Gewaltiges schlug an die andere Wand des Hauses, schickte Glasscherben ins Innere. Der Lavastrom flutete und wallte knisternd und zischend in das Haus, setzte alles, was er berührte, in Brand.

Harry und Rachel drängten die Kinder hektisch zur Tür. Ruth lief ihnen nach – und blieb stehen, um auf dem Weg nach draußen ihren Plastikmüllbeutel mitzunehmen.

Auf der breiten Veranda angelangt, die jetzt zentimeterhoch mit Asche bedeckt war, einem unheimlichen grauen Schneefall gleich, sahen sie, daß es noch schlimmer war. Die Fahrzeuge brannten. Die knisternden, scharlachroten Lavaschlangen hatten sie fast eingeschlossen, jeden Fluchtweg über Land abgeschnitten.

Sie wandten sich dem einzig möglichen Ausweg zu – dem See. Getrieben von der sengenden Hitze des eindringenden geschmolzenen Gesteins faßten sie sich bei den Händen und liefen gemeinsam auf den See zu.

An der dunklen Silhouette über ihnen erhellten das Glühen brennender Bäume und die herabströmende Lava die Nacht.

Sie liefen zu dem kleinen hölzernen Anlegesteg, der in den See hineinragte. Zu dessen beiden Seiten wallten zischend riesige Dampfwolken auf, als die Lava in das Wasser floß, es augenblicklich lautstark verdampfte. Ein kleines Boot mit Aluminiumrumpf schwankte im Wasser.

Rachel schaute auf das dunkle Wasser hinaus und hob eine Hand. »Auf der anderen Seite des Sees ist eine Brandschneise«, sagte sie. »Vielleicht schaffen wir's runter zu der Rangerstation und bekommen Hilfe.«

Harry trieb die Gruppe in das Boot.

Ruth warf einen letzten Blick auf die dunklen Wälder, suchte nach Roughy. Dann schüttelte sie jeden Gedanken an Verlust ab, wehrte sich gegen den Nebel von Erinnerungen, der sie ausgerechnet in diesem Augenblick zu umhüllen drohte, schaute nach vorn und war bereit, ihre ganze Habe hinter sich zu lassen.

Die Kinder im Bug schauten auf den See, begannen, sich ein wenig sicherer zu fühlen. Dann sahen sie die Fische – Hunderte toter treibender Fische.

»Die Fische!« schrie Lauren. »Sie sind alle tot.« Graham keuchte vor Staunen.

Sie gingen alle an Bord. Rachel half Ruth. Harry begab sich ins Heck, wo der kleine Mercury-Außenbordmotor hing. Er senkte ihn ins Wasser und zog die Anlasserleine. Der Motor rührte sich nicht.

Die Kinder, die sich über den Bug gehängt hatten, wichen zurück. Faulig riechender Dampf stieg aus dem Wasser um sie.

Harry zog wieder an der Anlasserleine. Noch immer nichts.

Ruth stand auf und schob Harry beiseite. »Ich und mein alter Außenborder kennen uns schon lange«, sagte sie. Sie zog den Choke, drehte an der Drosselklappe und zog dann kräftig an der Starterleine.

Der Motor sprang beim ersten Versuch an.

Ruth setzte sich ans Ruder, legte einen Gang ein, und das kleine Boot glitt schnell vom Ufer hinaus auf den See.

Die anderen im Boot waren sehr sill, während sie zurück zu dem Blockhaus schauten. Das wunderschöne kleine Haus zeichnete sich jetzt im Feuer als Silhouette gegen die Nacht ab. Es wurde von hungrigen, leckenden Flammen verschlungen. Einige Teile von ihm lösten sich bereits in Rauch und Asche auf.

Eines der Fahrzeuge explodierte.

Die beiden Kinder konnten nur an Roughy denken. Sie starrten auf die Bäume am dunklen Ufer. Wo war sie? Lebte sie noch oder war sie bereits tot? Gefangen, oder versuchte sie irgendwie einen Weg in die Freiheit zu finden? Sie flüsterten miteinander, überzeugten sich gegenseitig von der letzten Möglichkeit.

Ruth, die das Boot steuerte, schaute stur geradeaus. Sie war klug genug, sich nicht umzudrehen und zu beobachten, wie ihr Haus vernichtet wurde. Sie würde von dem Haus, das sie ein Leben lang bewohnt hatte, wegfahren und es heil und unversehrt in ihrer Erinnerung behalten. Es würde Teil des Rests ihrer Vergangenheit werden, die für sie so lebendig war.

49

»Aus Dante's Peak berichtet jetzt live ...«

Eine junge Reporterin machte eine Livereportage mitten aus der Stadt, vor einer Kulisse, die das ganze Ausmaß der Zerstörung zeigte: den umgestürzten Kirchturm, mehrere brennende Gebäude, die eingestürzte Auffahrt zum Highway in der Ferne.

Noch immer versuchten Menschen zu fliehen, ausgerüstet mit Taschenlampen und Schirmen, um sich vor der Asche zu schützen, die die Luft wie dunkler Schnee erfüllte. Die meisten von ihnen hatten ihre Hemden über ihre Gesichter gezogen oder Tücher wie Masken umgebunden, um das Zeug nicht einzuatmen.

»... Panik, Chaos, Zerstörung überall«, sagte die Fernsehreporterin in die Kamera. »Es hat bereits viele Verletzte gegeben. Die Bürger von Dante's Peak haben lange im Schatten dieses schlummernden Giganten gelebt, nie geglaubt, er würde ...«

KRACHEN!

Sie sprang beiseite, wich aus, als ein Stück Mauerwerk von dem Gebäude herunterstürzte, vor dem sie stand.

Sie nahm das Mikrofon wieder vor den Mund und fuhr fort: »Das ist im Moment alles, Chuck. Patty MacMillan, KQED News, berichtete aus Dante's Peak.« Sie lächelte mutig zum Schluß. Kaum war das Licht an der Kamera erloschen, rannte sie schreiend zum Übertragungswagen. »Oooooh, nie wieder! Niemals, niemals wieder!!!«

Der Übertragungswagen schlängelte sich zwischen verlassenen und demolierten Autos durch und fuhr in Richtung auf die letzte freie bergabwärts führende Straße, schloß sich dem allgemeinen Exodus an. Die Stadt leerte sich schnell.

Die Stadträte Mary Kelly, die Versicherungsfrau, und Norman Gates, der pensionierte Börsenmakler, waren längst fort. Sie hatten ihre Familien in ihre Wagen verfrachtet – beide besaßen zwei – und waren aus der Stadt geflohen, kaum daß Rachel sie angerufen und darum gebeten hatte, mit ihr vor die Fernsehkamera zu treten. Rachel hatte sich eine geschlossene

Front gewünscht, als sie die abendliche Versammlung einberufen und darum gebeten hatte, Ruhe zu bewahren.

Die Stadträte Kelly und Gates waren bei der vorangegangenen Sitzung gewesen, wußten allerdings, daß Harry schon vor Wochen gewollt hatte, daß die Stadt alarmiert wurde. Sie wollten sich nicht überraschen lassen. Sie hatten sich von Rachel verabschiedet, ihr alles Gute gewünscht und waren so schnell verschwunden, wie ihre Wagen fahren konnten.

Dr. Fox kannte die erste Warnung ebenso, fühlte sich aber zum Bleiben verpflichtet. Als die Beben und der Ascheregen begannen, bezog sie in ihrer Praxis Quartier und nahm dort Notrufe entgegen. Als gegen neun Uhr abends die Telefonleitungen zusammenbrachen, bezog sie Stellung in der Kommandozentrale, welche die gerade eingetroffene Nationalgarde im Postamt eingerichtet hatte. Dr. Fox verfolgte die Notrufe, die über die Frequenzen der Garde und der Polizei und über CB eingingen. Sie reagierte, wenn es sinnvoll schien.

Ein gebrochener Arm unten an der Chelan Street. Sie sprang in ihren Kombi, jagte dorthin und legte einen Notverband an. Dann schickte sie die Leute weg.

Mehrere Menschen mit akuten Asthmaanfällen, die keine zwei Meter laufen konnten: Dr. Fox eilte zu ihnen, gab ihnen schnell Steroidspritzen und Inhalationsapparate und ließ sie fliehen.

Der schreckliche Hubschrauberabsturz; da gab es nichts, was sie tun konnte.

Matt Hale, der pensionierte Börsenmakler, ein großer, ruhiger, athletisch gebauter Mann mit frühzeitig ergrautem Haar, befand sich auf seinem großen Anwesen am Stadtrand.

Er war noch nicht gewillt abzufahren. Er machte systematisch seine Runde durch die Gebäude, schaltete Lichter aus, verschloß alle Fenster und Türen und sicherte seinen Besitz vor seiner Abreise so gut wie möglich. Er hatte vorher seine Familie in dem Range Rover weggeschickt. Seine eigene Habe war gepackt und im offenen Kofferraum des Mercedes verstaut.

Zum Schluß stapelte er seine alte Bergsteigerausrüstung neben der Haustür – Seile, Felshaken, Kletterschuhe und anderes mehr. Er war in seiner Jugend ein pedantischer, aber furchtloser Kletterer gewesen, hatte gewaltige Gipfel in Amerika, Europa und Asien bezwungen. Das war ein Teil seines Lebens, das er hinter sich gelassen hatte, seit er eine Familie hatte. Doch die Flamme von Vitalität, die in ihm brannte, wenn er kletterte, hatte seine Seele fürs ganze Leben geprägt. Wie konnte er seine Ausrüstung zurücklassen? Wäre das nicht so, als würde er zugeben, daß ein Teil von ihm selbst unwiderruflich verloren war?

Auf dem nachtdunklen Mirror Lake kamen die gestrandeten Pilger langsam, aber doch ermutigt dem anderen Ufer näher.

Der kleine Motor brummte, und Wellen schlugen seitlich an das Boot. Aber dann hörte Harry ein anderes Geräusch: ein Zischen. Er untersuchte den Rumpf und sein Mut sank.

»Faßt nicht ins Wasser«, sagte er. »Es ist sauer.«

»Was?« sagte Rachel.

»Die Vulkanaktivität hat den See in Säure verwandelt«, erklärte Harry.

»Säure frißt Metall«, sagte Rachel.

Lauren schrie erschreckt auf. »Wird das Boot sinken?«

»Kein Problem«, sagte Harry nicht sehr überzeugend.

Jetzt wurde ihnen klar, was in ihren Augen brannte. Säuredämpfe.

Ruth steuerte das Boot weiter auf das andere Ufer zu, wo sie jetzt die Brandschneise im dunklen Forst ausmachen konnten.

Die Aluminiumhaut begann merklich auf das stark säurehaltige Wasser zu reagieren.

Ein langer Herzschlag. Harry schaute zum Ufer hinüber und schätzte die Entfernung. Er musterte den Rumpf des Bootes. Er war noch nicht durchgefressen ... aber das würde bald der Fall sein.

Die anderen sahen es an seinem Gesicht. Die Spannung im Boot stieg sprunghaft an. Er hörte, daß der Atem der Kinder sich beschleunigte. Harry wußte, daß er etwas tun mußte. Andernfalls würden sie alle den Verstand verlieren.

»Habt ihr je von Pele gehört, der Vulkangöttin?« fragte Harry. »Die Legende sagt, daß ein kleines Lied die alte Dame versöhnlich stimmt.«

Graham reagierte mit dem Mut eines Vierzehnjährigen. »Das Lied aus unserem Schulbus?« sagte er. »Das singe ich.« Und er begann zu der Titelmelodie der Sesamstraße zu singen.

»Ich haß dies Boot. Schwimmt's lang genug?
Halt jetzt nicht an, ich kotz in den Bug.
Oh, wie lang wird's dauern
zu fahren über den Mirror Lake?
Zu fahren über den Mirror Lake?«

Alle lachten. »Toll«, sagte Ruth. »Sing's noch einmal.«

Graham sang es wieder, und Ruth und Lauren fielen ein.

Dann trat Stille ein. Tiefe Stille. Ihre Augen brannten durch die Schwaden, die aus dem Wasser aufstiegen. Über das Brummen des kleinen Motors konnten sie das Zischen der Säure hören, die das Metall des Bootes fraß.

Niemand sprach. Alle hatten Angst.

Harry versuchte, weiter Mut zu machen. »Kommt schon, das nächste Lied«, sagte er. »Was soll's sein? ... Oh! Ich weiß ein Gutes ... ›Jetzt fahr'n wir übern See, übern See, jetzt fahr'n wir übern See‹.«

Schweigen.

»Komm schon, Lauren«, sagte Harry. »Das kennst du doch.«

Lauren sang. Ihre Stimme war süß und klar und voller Angst. Und dann fielen sie nacheinander ein, sangen immer wieder »Jetzt fahr'n wir übern See, übern See«. Der einzige, der nicht mitmachte, war Graham, der das eindeutig für ein blödes Lied hielt.

Harry schaute ihn fest an. Warf ihm einen Blick »von Mann zu Mann« zu. Diesen Blick, der bedeutete »Scheißegal, hilf den Frauen«. Graham sang widerwillig mit.

Rachel sah Harry an. Harry lächelte.

Und während der Vulkan roten Tod über ihnen spuckte, es ringsum Asche regnete, tuckerte das kleine Boot über die Mitte des Sees. Und aus ihm war ein Chor unheimlich klingender Stimmen zu hören.

50

Erdstöße und Beben gingen unvermindert weiter, während die Männer der Nationalgarde durch die Straßen der Stadt liefen, Gebäude durchsuchten, um zu sehen, wer zurückgeblieben war, wer Hilfe brauchte. In einer Gasse neben Stein's Bar stießen sie auf einen weißbärtigen Mann, der eine Golfmütze trug. Er war über ein Fahrrad gebeugt und vertäute zwei große Stapel Notizbücher auf dem Gepäckständer.

Es war Chief Vincent. Er hatte endlich sämtliche Bände seiner mündlich überlieferten Geschichte beisammen, die er überall in der Stadt versteckt hatte, und hatte sie auf seinem Fahrrad festgebunden. Er versicherte den Nationalgardisten, daß alles in Ordnung sei. Er schwang sich auf sein Fahrrad und fuhr los, hatte Schwierigkeiten, das Gleichgewicht zu halten und strampelte in Richtung auf die letzte bergabwärts führende Straße zu, die noch befahrbar war.

Als er in die schmale Landstraße einbog, scherte ein Pickup mit zwei jungen Burschen darin aus der anderen Richtung ein, streifte den Fahrradfahrer und fuhr einfach weiter. Chief Vincent flog von der Straße in einen Kanalgraben.

Die Stadträtin Karen Pope bog in diesem Moment mit ihrem großen Ford Econoline, den sie für den Transport von Möbeln benutzte, auf die Landstraße ein. Jetzt war der Transporter mit Menschen besetzt, die eine Fahrgelegenheit brauchten. Pope, eine energische Frau, sah den Unfall, sah den Wagen davonfahren und war wütend. Sie fluchte auf den Pickupfahrer und hielt an.

Während ein neues Beben den Boden erschütterte, half sie

dem angeschlagenen Chief auf die Beine, klopfte ihm den Staub ab und fand in ihrem Wagen noch ein paar Zentimeter Platz, um ihn zu verstauen.

Während der Transporter anfuhr, schaute Chief Vincent dahin zurück, wo sein demoliertes Fahrrad und die Notizbücher lagen. Egal, dachte er und merkte sich die Stelle. Er würde zurückkommen und sie holen. In diesem Augenblick brach der Hügel über dem Graben ein und begrub sein großes Werk. Egal, sagte er sich, ich werde zurückkommen ... Vielleicht aber auch nicht. Er schaute zuversichtlich und selbstsicher nach vorn.

Sie sangen noch immer auf dem Mirror Lake – gedämpft, wie hypnotisiert –, um das schrecklich zischende Geräusch zu übertönen. Sie hatten jetzt Dreiviertel der Strecke zurückgelegt. Nur noch ein kleines Stück weiter und sie würden es schaffen.

Dann sah Harry, was er befürchtet hatte. Die Haut des Bootes hatte begonnen, sich aufzulösen. Säure drang an den Schweißnähten durch.

»Nehmt eure Füße auf die Bank«, sagte er so ruhig wie möglich.

Das taten sie.

Harry sang lauter, als ob er damit das Boot festigen wollte. Rachel sah ihn an und sang mit.

Sie alle sahen einander an und sangen laut – bis das Lied zu dem wurde, was es eigentlich die ganze Zeit gewesen war.

Ein Gebet. Für dieses kleine Boot, das über einen mörderischen See fuhr.

Es sah jetzt aus, als würden sie es schaffen. Sie waren vielleicht hundert Meter vom Ufer entfernt. Nur noch hundert Meter.

Das Boot begann tiefer ins Wasser zu sinken. Harry schaute aufmerksam hin. Der Boden des Bootes hatte sich fast völlig aufgelöst. Aber nur noch hundert Meter! ...

»He, wenn du Angst hast«, sagte Graham zu seiner Schwester, »ich habe was, das dich beschützen wird.«

Lauren schaute ihn mit verweinten Augen an. Er griff in seine Tasche und hielt ihr den Quarzkristall hin. Den aus dem Bergwerk.

Lauren konnte es nicht glauben. »Den kann ich haben?« sagte sie.

»Ja«, sagte Graham. Er lächelte, als er ihr den Kristall in die Hand drückte und sie festhielt.

Rachel lächelte unter Tränen und dankte den Familiengöttern für diesen kleinen Segen.

Ein langer, stiller Augenblick, während sie sich langsam, aber sicher dem anderen Ufer näherten.

Und dann ein sehr böses Geräusch. Der Motor des Bootes gab ein hohes, winselndes Geräusch von sich, als der Propeller sich wie verrückt im Wasser zu drehen begann.

Ruth zog den Motor aus dem Wasser, um sich die Schraube anzusehen. Säure hatte die Propellerflügel fast völlig weggefressen. Sie senkte den Motor wieder ins Wasser und schaute sich um, um zu sehen, wo sie waren.

Weit laufen mußten sie nicht. Vielleicht noch dreißig oder vierzig Meter, und sie waren auf festem Boden.

Sie waren voll trügerischer Hoffnung, als sie näher ans Ufer trieben. So nahe – zwanzig Meter, fünfzehn. Aber nicht nahe genug, als daß Harry hätte hinausspringen können.

»Graham – gib mir deine Jacke!« sagte Harry. »Deine Jacke!«

Graham zog seine Jacke aus. Harry wickelte sie um seine Faust und schlug sie ins Wasser, paddelte, versuchte, das Boot näher zum Ufer zu bringen.

Geglückt! Sie bewegten sich. Nur noch ein paar Meter weiter ... Doch der Stoff der Jacke löste sich auf, wurde weggeätzt. Sekundenbruchteile darauf riß Harry seine Hand mit einem Schmerzensschrei aus dem Wasser. Die darin enthaltene Säure hatte ihn verbrannt.

Die Fetzen der Jacke versanken im See.

Sie hatten fast den baufälligen alten Pier erreicht. Qualvoll nahe – aber noch nicht nahe genug.

Harry beugte sich über den Bug vor, so weit er konnte. Seine Finger waren nur zehn Zentimeter von dem Holz der Pier entfernt ...

Und das Boot begann zu treiben, zurück von der Pier. Das Zischen der Säure erinnerte fortwährend daran, daß es bald sinken würde.

»N-e-i-n!« sagte Rachel.

Harry richtete sich im Bug auf und bereitete sich zum Springen vor.

»Vergessen Sie's, Harry«, sagte Ruth, »das schaffen Sie nicht.«

Er wankte, war unentschlossen. Er wußte, daß sie recht hatte.

»Das Wasser ist nicht tief«, sagte Ruth.

Harry drehte sich um. Und schrie: »Ruth, nein ...«

Ruth kletterte über das Heck des Bootes. Harry lief zu ihr. Er brachte das Boot fast zum Kentern. Er griff nach ihr, versuchte, sie ins Boot zurückzuziehen. »Ruth, um Himmels willen ...«

Ruth entzog sich seinem Griff. Sank mit den Beinen voran in das jetzt aufschäumende Wasser. Ihre Kleidung zischte.

Rachel umklammerte ihre entsetzten Kinder.

Ruth, die hüfttief im Wasser stand, schwieg grimmig, während sie dem Boot einen Stoß versetzte und es so zu der Pier schob. Rachel hielt den Pfosten fest, so daß die Kinder aussteigen konnten. Sie und Harry kletterten ihnen nach.

Ruth, die ihnen nachwatete, stieß jetzt schließlich einen Schmerzensschrei aus.

»Ruth!« rief Harry.

Ruths Augen waren vor Schmerz voller Tränen, als das säurehaltige Wasser an ihr fraß. Sie wankte, mühte sich planschend, ans Ufer zu gelangen.

Harry streckte eine Hand aus, um Ruth aus dem Säurebad zu ziehen.

»Rühr mich nicht an!« befahl sie. »Du verbrennst dich sonst selbst.«

Sie brach zusammen, ihre Kleider halb weggebrannt, das nackte Fleisch ihrer Beine roh.

Hinter ihnen fiel das Boot auseinander und sank, während das heiße Wasser es einfach fraß.

Harry und Rachel entdeckten Reste von Schnee an dem Hang nahe dem See, rannten dort hin, nahmen auf, soviel sie tragen konnten, und bedeckten Ruths verbrannte Beine damit. Die Kinder taten es ihnen gleich, holten Schnee und legten ihn auf das rohe Fleisch.

»Keine Angst, Großmutter«, sagte Lauren. »Mit dir wird alles wieder gut.«

Rachel kniete neben Ruth. Ruth schlug die Augen auf. Sie lächelte, während die Kinder ihren Unterleib mit Schnee bedeckten. »Der erste horizontale Schneemann der Welt!« sagte sie und brachte die Kinder unter Tränen zum Lächeln.

»Wir bringen dich runter, Ruth. Das verspreche ich«, sagte Rachel.

Die Schmerzen gewannen die Oberhand. Ruth schloß ihre Augen.

Harry schaute zu Rachel. Sie wandte sich gequält ab, kämpfte gegen ihr Schluchzen an.

51

Es war Dämmerung, obwohl das niemand genau sagen konnte, weil der Himmel so dunkel war. Eine Einheit der Nationalgarde patrouillierte in einem Humvee auf den Straßen der fast verlassenen Stadt, schaute wachsam auf das Feuerwerk droben – auf den Vulkan, der abwechselnd Feuer und Schwaden schwarzer Asche spuckte.

Pete Prugo fuhr mit seinem Klempnerwagen vorbei. Seine Frau Mary saß vorne bei ihm. Er schleppte einen kleinen Pickup, dessen Ladefläche hoch mit Garten- und Schneeräumgerät beladen war – Santiagos Werkzeug, mit dem er sich seinen Lebensunterhalt verdiente. Im Führerhaus des geschleppten Fahrzeugs saßen Santiago, seine Frau und vier Kinder. Wollten diesem Alptraum entfliehen, um ihr Leben und ihre Arbeit und ihr Kinderzeugen woanders fortzusetzen.

Eine zweite Einheit der Nationalgarde drehte ihre letzte

Runde in dem Viertel, bot über Megaphon Hilfe an. Sie sahen, daß das Tor des großen Hauses, das zurückgesetzt vor dem Hügel stand, geöffnet war, sahen den Mercedes, der abfahrbereit auf der Auffahrt stand, die Lichter, die noch im Hause brannten.

Sie fuhren zu der Auffahrt hinüber, und ein Gardist rief durch das Megaphon: »VERLASSEN SIE DAS GEBIET SOFORT. BRAUCHEN SIE HILFE?«

Matt Hale trat aus dem Haus und winkte mit den Händen ein: Nein, danke. Er salutierte. Sie fuhren weiter. Hale drehte sich um und schloß die Haustür, vergewisserte sich, ob sie verschlossen war. Er ging zu dem wartenden Mercedes, stieg aber nicht ein.

Statt dessen nahm er seine Bergsteigerausrüstung aus dem Kofferraum. Er legte sich das Seil über die Schulter, schloß den Mercedes ab und ging die Auffahrt hinunter.

Er verschloß das Tor sorgfältig hinter sich. Das letzte, was irgend jemand von ihm sah, war, daß er einen bewaldeten Hang in Richtung auf den ausbrechenden Vulkan erklomm, seine Haken und Schäkel richtete und sich auf eine große Klettertour vorbereitete.

Oben auf dem Berg versuchte die Sonne mit ihrem Licht die Aschewolken zu durchdringen, die sich spiralenförmig in den Himmel hoben.

Harry und Rachel hatten im Zwielicht aus Ästen eine primitive Bahre gebaut. Darauf lag Ruth, als sie sie den Hügel hinuntertrugen – Harry an einem Ende, Graham und Rachel am anderen. Lauren lief nebenher und hielt die Hand ihrer Großmutter. Ihr Abstieg erfolgte langsam, und das ständige

Erzittern des Bodens und das Rumpeln und Krachen des Berges erinnerten an die Gefahr, der sie so nahe waren.

Ruth konnte ein schmerzliches Stöhnen, Folge der rollenden, wippenden Bewegung der Trage, nicht länger unterdrücken. Sie winkte matt mit einer Hand, um anzuzeigen, daß sie eine Pause brauchte. »Halt«, sagte sie. »Haltet bitte.«

Sie setzten die Bahre auf einer moosbewachsenen Böschung ab, um eine Pause zu machen. Rachel bedeckte vorsichtig mit einem Tuchfetzen das zerfressene Fleisch ihres Unterleibs. Ruth stöhnte laut. Sie konnte keine Berührung ertragen. Allein das Liegen auf der Bahre war eine Qual.

Lauren versuchte, Ruth den Quarzkristall in die Hand zu drücken, aber Ruth lehnte das ab. »Süße, das ist so lieb von dir«, sagte sie mit schwacher Stimme, »aber behalte ihn, damit er dir Glück bringt. Okay?«

Lauren nahm den Kristall wieder an sich und eilte zu Graham, um ihm dabei zu helfen, Schnee von den wenigen Stellen zu holen, die es in den Wäldern gab.

Harry gefiel weder die Hautfarbe von Ruth noch ihr Zustand. Er befühlte ihre Hände und fühlte ihren Puls. Ihre Temperatur und ihr Blutdruck sanken. Er hatte Menschen in ähnlichem Zustand gesehen. Er war nicht sehr zuversichtlich.

»Tut mir leid, was ich da zu dir gesagt habe«, sagte Rachel zu Ruth. »Ich hab's nicht so gemeint. Ich ...«

»Psst«, sagte Ruth. »Du hattest recht damit. Ich bin eine Närrin.«

Rachel drückte ihre Hand. »Nein«, sagte sie. Ihre lange Fehde mit dieser Frau erschien jetzt so sinnlos.

»Aber mein Sohn ist der größte aller Narren«, sagte Ruth. »Er hätte nie davonlaufen und dich so verletzen dürfen.«

Rachel brach weinend zusammen. Es war das erste Mal, daß Ruth zugegeben hatte, daß es vielleicht nicht Rachel gewesen war, die Brian vertrieben hatte. Daß das Verschwinden ihres Sohnes überhaupt nicht Rachels Schuld war, sondern vielleicht Brian der allein Verantwortliche dafür war.

»Wenn jemand ein Narr ist, dann wohl ich«, sagte Rachel. »Ruth, ich habe dir nie eine Chance gegeben. Du hast uns heute das Leben gerettet.« Sie schluchzte hilflos.

Ruth streichelte ihr Haar.

»Halte durch, Großmutter«, sagte Graham. »Bis zur Rangerstation sind's nur noch zwei Meilen.«

Ruth lächelte den Jungen erschöpft an. »Ich hab' keine zwei Meilen mehr in mir, mein Schatz«, sagte sie. Sie streckte eine Hand zu beiden Kindern aus. »Ist in Ordnung. Ich werde auf meinem Berg bleiben.«

Sie hielt ihre Hände fest und schloß die Augen. Sie atmete einmal tief ein. Dann flache Atemzüge. Dann teilten sich ihre Lippen. Sie erschauerte einmal und atmete zum letzten Mal.

Die Kinder schauten Harry an. Er fühlte ihren Puls. Aber da schlug keiner mehr. Rachel senkte ihren Kopf auf Ruths Brust.

»Großmutter«, jammerte Lauren. »Großmutter …«

Harry trat zu Graham und Lauren und hielt sie fest, während die beiden verzweifelt dem Tod ins Antlitz schauten.

52

Der Berg begann wirklich zu eruptieren. Der gesamte Boden des Kraters war zu einer aufsteigenden, zitternden Kuppel geworden. Heißer Dampf und bläuliche Wolken von Schwefelsäure und Fluor schossen mit Gewalt nach oben. Fontänen glühendroter Lava brachen fortwährend in verschiedenen Teilen der Caldera aus, flossen, liefen zusammen, bauten sich auf.

Die Temperatur an der Außenseite des Kegels stieg, und die Schneehaube begann zu schmelzen. Eine lange, breite Kruste von Schnee und Eis, die sich gletschergleich über die Jahre an der Südwestflanke aufgebaut hatte, barst und verflüssigte sich binnen weniger Minuten. Jetzt heiß, ergoß sie sich als ein Gemisch von Schlamm und Asche abwärts. Ein Teil davon lief in Schluchten, sammelte sich dort zu Sturzbächen. Und die schwollen an. Lahars werden die genannt.

Rachel lief mit Lauren durch die hartstopplige, zerfurchte, mörderische Brandschneise. Harry ging mit Graham. Es war wie eine Wanderung durch rauhes Gelände bei strömendem Regen, nur daß der Regen aus feuchter Asche und giftigen Gasen bestand. Sie erreichten einen Kreuzweg und kletterten den steilen Hang hinunter zu einer Rinne, die senkrecht nach unten führte. Das Vorankommen wurde noch schwerer.

Der schmelzende Schnee über ihnen war zu einem Lahar geworden, einem heißen Schlammstrom, der sich alle zwei Minuten um über dreihundert Meter weiter nach unten ergoß. An kreuzenden Schluchten vereinten sich weitere Sturzbäche von Schlamm und Asche mit ihm, bis er zu einem breiten, tiefen, reißenden Strom wurde, der Trümmer vor sich herschob. Bäume und Felsen wurden von dieser Berg-Tsunami mitgerissen – einer riesigen heißen, schlammigen Flutwelle. Sie ergoß sich zwischen zerklüfteten Gebirgskämmen und wurde noch schneller und schoß mit der Geschwindigkeit eines Expreßzuges brüllend bergabwärts.

Harry und seine Begleiter wankten und rutschten die steile Feuerschneise im Halbdunkel des düsteren Tages hinunter. Die Luft war schwer von Asche, erfüllt mit dem Gestank von faulen Eiern und anderer Übelkeit erregender Gase, die nicht identifizierbar waren. Der Boden unter ihren Füßen erzitterte. Wenn es eine Hölle gab, so war dies ein Vorgeschmack.

Aber da war die Stadt unter ihnen vage zu sehen. Sie waren ihr ziemlich nahe. Die Stadt war in ihrer Reichweite. So schien es.

In Wirklichkeit aber noch eine Dreiviertel Meile entfernt. Sie schlitterten weiter über unwegsamen, steilen, zitternden Boden, der selbst im süßen Licht eines freundlicheren Tages nur schwer zu begehen gewesen wäre.

Rachel deutete nach rechts, weg von der Brandschneise und der steilen Schlucht. Dort unten konnten sie die Rangerstation sehen. Keine Spur von Leben dort. Evakuiert. Ein Nutzfahrzeug stand dort, offensichtlich verlassen.

Harry bemerkte es hoffnungsvoll. »Vielleicht bringen wir das Ding zum Laufen«, sagte er.

Jetzt konnten sie plötzlich in der Ferne das Brüllen hören. Harry blieb stehen und lauschte, und dann war ein Ausdruck von Schrecken in seinen Augen. »Lahar«, sagte er.

»Was ist das?« fragte Rachel, die voller Furcht aufblickte.

»Ein Erdrutsch, ausgelöst durch geschmolzenen Schnee«, sagte Harry. »Tödlich. Psst –« Er lauschte. Dann entspannte er sich ein wenig. »Dort entlang«, sagte er und deutete in Richtung Osten. Dahin schien das Brüllen sich zu bewegen.

Eine Schulter des Berges, Recasner Ridge genannt – nach dem Anwesen der Familie Recasner, das dort oben in einer wunderschönen Lichtung lag –, hatte den Lahar nach Osten abgelenkt. Jetzt füllte er einen ganzen Canyon, in dem es sonst nur einen Bach und ein Dutzend anderer Anwesen neben dem alten Recasner-Haus gab.

Als der Lahar vom Berg herunterschoß, löschte er diese Anwesen aus. Er riß alles mit sich, was nicht niet- und nagelfest war. Eine Scheune, ein Auto, den Tieflader eines Holzfällers. Der Lahar nahm alles mit, was in seinem Kielwasser war, riß Bäume mit ihren Wurzeln aus.

Er donnerte direkt den Five Mile Creek hinunter. Der Five Mile Creek verbreiterte sich zum Silver River, der mitten durch die kleine Stadt Dante's Peak floß.

53

Der Mann von der Nationalgarde lehnte sich aus dem Humvee und schrie den verrückten Leuten, die er durch die offene Tür von Cluster's Motel sehen konnte, etwas zu. Das Team in dem provisorischen Observatorium arbeitete noch immer, verfolgte und dokumentierte diese geologische Extravaganz aus nächster Nähe.

»Sie sollten nicht mehr hier sein!« rief er. »Die Brücke wird einstürzen!«

»Wir sind von der USGS«, rief Dreyfus zurück. »Wir sind Wissenschaftler. Wir wissen, was wir tun.«

Der Rest des Teams sah ihn an. Unter diesen Umständen schien das keine brillante Bemerkung zu sein. »Scheißwissenschaft«, sagte Nancy. Sie hatte das sichere Gefühl, daß sie den Bogen bei weitem überspannt hatten. »Laßt uns von hier verschwinden«, sagte sie.

»Wir müssen zuerst den Rest der Ausrüstung wegschaffen«, sagte Dreyfus zu dem Nationalgardisten.

»He, Sie haben nicht gehört«, sagte der Mann. »Ich habe einen direkten Befehl vom Gouverneur für Sie. Verschwinden Sie. Sofort.«

Sie verstanden. Greg, Stan und Nancy packten die restlichen Geräte in Kisten und trugen sie hinaus zu dem Van. Terry humpelte auf seinen Krücken hinaus. Nancy rannte wieder hinein und sah sich zum letzten Mal um, um zu sehen, ob sie alles hatten. Außer Stapeln von Papier, einigen Pizzakartons und einem Kentucky-Fried-Chicken-Karton war nichts mehr da.

Sie rannte zu den beiden Humvees, die darauf warteten, sie fortzubringen. Sie stieg in den vorderen ein, in dem bereits Terry, Stan und Greg mit einigen Nationalgardisten saßen.

Dreyfus stieg in den USGS-Van. Er starrte zu dem Feuer auf dem Berg hoch, als er den Motor anließ, um dem Humvee zu folgen. Er schaltete das Funkgerät ein, machte einen letzten Versuch, um Harry auf der USGS-Frequenz zu erreichen.

Er aktivierte das Mikrofon. »Harry ... Kannst du mich hören?« sagte er und lauschte. Er erhielt keine Antwort. »Harry ... Harry ... Die Brücke wird einstürzen. Hör zu ... wir haben alle rausbekommen – die ganze Stadt! Wir haben alle.« Er wartete wieder auf Antwort. Dann sagte er sanft: »Paß gut auf dich auf, Harry. Paß gut auf ...«

Die beiden Humvees näherten sich, gefolgt von Dreyfus in

dem Van, der Brücke von Westen. Die Brücke war unversehrt, aber der Fluß war bereits mit Schlamm gefüllt und stark gestiegen, reichte fast bis an die Fahrbahn.

Von Norden näherte sich der Kamm des Lahar, der sich inzwischen weiter verbreitert hatte und sich mit der Wucht einer Bomberstaffel durch das Flußtal wälzte. Er erfaßte alles, riß alles mit sich, was ihm im Wege stand – Anlegestege, Brückenpfeiler, Felsblöcke, Veranden, Tiere.

Das erste, was die Fahrer der Humvees sahen, als sie auf die Brücke fuhren und ihre Hälse reckten, um zu erkennen, was diesen plötzlichen Lärm verursachte, war eine riesige Wand von heißem, flüssigem Schlamm, auf dem große Felsen, tote Tiere und Teile von Anbauten schwammen, die direkt auf sie zudonnerte.

Der Strom unter ihnen reichte bereits bis zur Brücke hoch! Und jetzt passierte es...

BERSTEN!!!

Eine Scheune kollidierte mit der Brücke! Ein Geysir aus Schlamm, Baumstämmen und Trümmern schoß über die Stahlträger der Brücke und ergoß sich auf die Straße.

Der erste Humvee, bereits die Hälfte der Brücke hinter sich, wurde von der Schlammwoge getroffen, kippte bedenklich, so daß er nur noch auf zwei Rädern stand, wankte, fiel dann auf die Straße zurück und fuhr irgendwie weiter.

Die Brücke selbst wurde zerlegt. Die beiden Mittelträger waren schnell unterhöhlt und wurden nacheinander weggerissen. Die Brücke sackte ein. Die Betonstraßendecke zerbarst...

Dann ein Kreischen von überspanntem Metall und platzendem Beton, und das ganze Ding gab nach, wurde von der

Wucht des Schlamms und der Trümmer, die er mit sich führte, auseinandergerissen.

Der erste Humvee, in dem Terry, Greg, Stan und Nancy sowie einige Gardisten saßen, schaffte es gerade noch auf die andere Seite. Auch der zweite. Er fuhr auf die Brückenauffahrt und fand mit seinem Vorderradantrieb genau in dem Moment Halt, als der Rest nachgab.

Dreyfus schaffte es mit dem Van nicht mehr.

Dreyfus hatte nicht einmal Zeit, aufzuschreien, als sein Van von einer Welle von Schlamm und Wasser getroffen wurde und mit der Brücke versank. Er verschwand in der tosenden Flut.

Das Team im Humvee schaute entsetzt zu.

54

Harry und die anderen erreichten den Fuß des Hügels. Sie wußten nichts von der Tragödie, die sich unter ihnen abgespielt hatte. Durch die Bäume konnten sie die Rangerstation sehen.

Sie erreichten sie von der Rückseite. Die Station selbst war geschlossen und dunkel. Eindeutig verlassen. Aber ein Fahrzeug stand da – ein alter Pickup der Forstverwaltung. Er war in der Eile zurückgelassen worden und zentimeterdick mit Asche bedeckt.

Sie rannten auf ihn zu. Sie stiegen ein – und Harry stellte wenig überrascht fest, daß kein Zündschlüssel steckte. Er bückte sich unter das Armaturenbrett und schloß die Zündung kurz, indem er zwei Drähte miteinander verband. Der Motor sprang an.

Er legte einen Gang ein, schaltete die Scheibenwischer ein, und sie fuhren los. Der Pickup rollte auf das Tor der Rangerstation zu und auf die Brandschneise, die sie zur Hauptstraße bringen würde.

Als sie sich dem Tor näherten, sah Harry, daß sie eingesperrt waren. Keine Zeit für Höflichkeiten. Er schaltete auf Vierradantrieb um, trat das Gaspedal voll durch, traf mit voller Geschwindigkeit das Tor und durchbrach es. Der Wagen schoß die Brandschneise zur Straße hoch.

Während sie durch die Brandschneise hüpften und schlitterten, wurde die Eruption heftiger. Kleine Stücke von Bimsstein prasselten wie Hagel auf die Scheiben.

In diesem Moment wurde Harry wieder von dem Alptraum seines Lebens eingeholt. Etwas schlug auf die Motorhaube des Wagens: eine vulkanische Bombe. Das Geschoß, das Marianne getötet hatte. Vulkanische Bomben waren Brocken von rotglühendem zähflüssigem Magma oder glühende Felsen, die mit der Wucht der Geschütze eines Schlachtschiffes aus dem Vulkan geschleudert wurden. Sie schossen wie Raketen über die Landschaft, stürzten herunter und töteten wahllos.

Eine weitere, größer als die erste, traf die Motorhaube des Pickup. Und eine dritte! Harry schwitzte Blut. Alles, was er tun konnte, war, das Fahrzeug auf dem Weg zu halten.

Sie erreichten eine Kurve, die sie eigentlich auf die Straße bringen sollte. Doch als sie die Kurve nahmen, wartete ein weiterer Schrecken auf sie. Harry trat auf die Bremse. Ein Strom von teilweise erstarrter Lava lag einen halben Meter hoch auf der Straße, kroch darüber wie ein lebendes Monster aus einem Science-fiction-Film. Zu allen Seiten brannten

Bäume und Gesträuch, so daß zu der ohnehin nicht atembaren Luft Holzrauch kam.

Sie starrten darauf, während der Wagen zum Stehen kam.

»Können wir darüber fahren?« fragte Rachel.

»Ich weiß es nicht«, sagte Harry. Das war selbst für ihn eine neue Herausforderung.

Alle sahen ihn an, erwarteten Wunder. Schließlich war er der Fachmann. Es mußte möglich sein. Welche andere Chance hatten sie?

Das würden sie herausfinden. Harry setzte den Wagen etwa zwanzig Meter zurück, um mehr Schwung zu bekommen, legte dann den Gang ein und gab Vollgas.

Sie rasten auf die Barriere aus rauchender Lava zu, sprangen hoch und über den erstarrten Rand und fuhren über die schwarze Zunge des Zeugs.

Es war halbfest. Es trug den heranrasenden Wagen. Aber die Hitze war so gewaltig, daß sich die Farbe von der Motorhaube löste.

Die Reifen fingen Feuer. Sie explodierten alle nacheinander.

Peng! Peng! Peng! Peng!

Der Wagen fuhr auf Felgen weiter.

Der Lack an der ganzen Karosserie begann Blasen zu schlagen. Der Rostschutz an der Unterseite schmolz. Das blanke Metall des Benzintanks wurde heiß. Das Benzin darin begann zu verdampfen, und statt flüssigem Benzin geriet nur Dampf in die Kraftstoffleitung. Der Motor begann zu spucken. Fehlzündungen.

Der Wagen holperte, verlor an Fahrt, wurde langsamer und sank in die glühend heiße Lava. Die Räder drehten durch. Brennende Gummifetzen flogen in alle Richtungen.

In diesem entsetzlichen Augenblick tauchte vor ihnen etwas wie ein Bote der Hoffnung auf. Es war ein erstaunlicher Anblick.

Lauren sah sie zuerst. Sie schrie als erste: »Roughy!«

Verblüffend. Roughy hatte es geschafft, von dem brennenden Berg herunterzukommen. Sie sah schrecklich aus – das Fell auf ihrem Rücken war versengt, mit Schlamm und vulkanischer Asche bedeckt. Aber ansonsten schien sie unverletzt zu sein. Graham strahlte. Und Harry und Rachel ebenfalls.

Roughy kläffte fröhlich, aber sie war auf der anderen Seite des Lavastroms. So gern sie auch zu ihnen wollte – es gab für sie keine Möglichkeit, zu ihnen herüberzukommen.

Harry beugte sich aus dem Fenster und rief: »Warte, Mädchen. Wir kommen und holen dich.«

Harry trat auf das Gaspedal, gab vollen Schub auf die Räder. Alle vier Räder drehten sich – obwohl nur die Felgen geblieben waren – und der Wagen rollte vorwärts. Sie alle lehnten sich in ihren Sitzen vor, als ob sie mit reiner, kollektiver Willenskraft vorankommen könnten. Glühend rote Lava versengte die Fenster. Die Hitze nahm ständig zu, wurde fast unerträglich.

Eine Zunge frisch fließender Lava tauchte hinter Roughy auf. Sie sah das, drehte sich, wirbelte herum. Sie war gefangen.

Harry sagte ruhig zu Rachel: »Wir werden bei dieser Aktion nur eine Chance haben. Wenn Roughy es nicht schafft, können wir nicht zu ihr umkehren. Ich muß unser Tempo halten, wenn wir durch dieses Zeug kommen wollen.«

Rachel nickte.

Roughy winselte vor Schmerz, als sie der Lava zu nahe kam.

Es war fast unglaublich, aber der Wagen rollte durch die Lava zu der Insel freier Erde, auf der Roughy stand. Harry verlangsamte die Fahrt nicht. Das wagte er nicht. Roughy lief neben dem Wagen her. Rachel öffnete ihre Tür.

Die Kinder schrien. »Komm, Roughy«, sagte Lauren. »Du schaffst es!«

Roughy sprang auf den Wagen zu.

Sie schaffte es nicht ganz hinein. In dem Augenblick, als sie herunterzufallen drohte, faßte Rachel nach ihr. Sie hielt sich mit einer Hand am Wagen fest, verbrannte sich an der scharlachroten Lava, die nur Zentimeter entfernt war, aber es gelang Rachel, Roughy zu ergreifen. Dann zog sie den Hund in das Fahrerhaus, während der Wagen auf und über das letzte Stück Lava rollte.

Die Kinder jubelten.

Rachel wußte nicht einmal, warum, aber über ihre Wangen liefen Freudentränen. »Wie geht's dir, Roughy?« sagte sie und drückte den verschmutzten Köter. »Wie geht's dir, Mädchen?«

Harry lächelte, während er fuhr. Die Kinder nahmen Roughy glücklich in ihre Arme.

»Oh, Roughy«, sagte Lauren. »Hat dir jemals jemand gesagt, wie schön du bist?»

Alle lachten.

Nach der Tragödie mit Ruth tat Lachen gut. Roughy wurde noch mehr gestreichelt und getätschelt und gedrückt.

55

Der Lastwagen des Forstdienstes kroch aus den Hügeln und holperte auf seinen Felgen in die Straßen von Dante's Peak.

Die vier Überlebenden sahen sich um. Es war nicht ihr Dante's Peak. Es war eine Geisterstadt. Vernichtung wie nach einem Krieg. Eine entsetzliche Ruine voller eingestürzter Gebäude, zersplittertes Glas, zermalmte Autos, herunterbaumelnde Schilder. Asche überzog alles, färbte es grau, dämpfte alle Geräusche außer dem dumpfen Brüllen des Vulkans.

Keine Seele war in der Stadt geblieben. Selbst die Nationalgarde war abgezogen. Völlig evakuiert.

Das Lachen im Lastwagen erstarb. Wandelte sich zu schockiertem Schweigen, als sie die entsetzliche Wirklichkeit begriffen.

Rachel sah sich entsetzt um. »Wir haben acht Jahre gebraucht, um Aufschwung in diese Stadt zu bringen«, sagte sie mit gedämpfter Stimme. »Du kannst dir nicht vorstellen, welche Kämpfe wir auszutragen hatten. Der Kampf um Bundesgelder. Um Gelder vom Staat. Dann der Versuch, Blair dazu zu bewegen, hier zu investieren. Und wofür ...?«

Die Asche auf jeder Tür und jedem Absatz sah aus wie grauer Schnee. Es war eine Landschaft von einem anderen Planeten, ein Wirklichkeit gewordener Traum aus der Twilight-Zone.

Graham starrte mit großen Augen um sich. Tränen standen in Laurens Augen.

Der Lastwagen näherte sich dem stark angestiegenen reißenden Fluß, der weggespülten Brücke und blieb stehen.

Rachel schaute auf die Trümmer der Brücke. Und auf den tosenden Strom von Schlamm und Baumstämmen, der da floß, wo die Brücke einmal gewesen war. Sie blickte auf die eingestürzte Auffahrt zum Highway. »Es gibt keinen anderen Weg aus der Stadt«, sagte sie.

Eine schlichte Feststellung, aber mit tödlichen Konsequenzen, wußte speziell Harry. Er schaute durch die Windschutzscheibe zu dem Vulkan hoch, der eine ungeheure Aschewolke drei Meilen hoch in die Luft schickte. Er spürte, daß der Boden noch immer fortwährend unter ihren Füßen zitterte. Das konnte nur eines bedeuten: Magma dicht unter der Oberfläche, noch immer in Bewegung, und dies in nur einer möglichen Richtung: nach oben und hinaus. Diese Eruption war nicht die letzte. All seine Instinkte sagten ihm, daß das Schlimmste noch kommen würde.

»Wir müssen Schutz finden«, sagte er.

»Wo?« fragte Rachel.

Harry wußte nicht, was er sagen sollte. Dann schleuderte sie ein wirklich massives, rollendes Beben zurück, so daß sie am Armaturenbrett und an den Wagenwänden Halt suchen mußten.

Der Quarzkristall fiel Lauren aus der Hand, als sie gegen die Rückenlehne stürzte. Dann richtete sie sich auf. Sie tastete nach dem Kristall, den sie auf dem Vordersitz fallen gelassen hatte.

Harry starrte auf den Kristall. Ihm kam eine Idee. »Die einzige Chance, die wir haben, um das zu überleben«, sagte er, »ist unter der Erde.«

Graham lächelte. Er wußte, was Harry dachte. »Die Mine!«

sagte er. Harry nickte. »Ich muß vorher aber erst noch einmal einen Halt machen«, sagte er und steuerte das Wrack von Pickup in die andere Richtung.

Während sie die Straße hinunterfuhren, dankte Harry stumm für dieses robuste Fahrzeug. Das Gefährt holperte und war mehr als unbequem, aber es war ein rollender Schutz. Es brachte sie dorthin, wohin sie fahren mußten, damit sie keine Asche in die Lungen bekamen.

Er hielt vor Cluster's Motel. Die Tür zum Konferenzraum / dem provisorischen Observatorium stand weit auf.

Harry stieg aus dem Wagen. »Ich bin gleich wieder da«, sagte er und schoß aus dem Wagen in das Gebäude.

Das provisorische Observatorium war ein Chaos. Was an Ausrüstung zurückgeblieben war, lag zerborsten auf dem Boden. Er drückte auf einen Schalter. Es gab keinen Strom. Er suchte hektisch im Halbdunkel nach etwas, während das Gebäude fortwährend erzitterte. Sein Mut sank. Das Team hatte alles gründlich aufgeräumt, offensichtlich das Ding mitgenommen, weshalb er gekommen war. Sie hatten nichts weiter zurückgelassen als überquellende Abfalleimer, an den Wänden einige Landkarten und Grafikausdrucke und einen Haufen leerer Lieferkartons für Speisen, die da auf dem Boden verstreut lagen, wo sie von einem Ecktisch heruntergefallen waren.

Das ganze Gebäude vibrierte wild. Es schien so, als würde es einstürzen. Harry wandte sich zur Tür und wollte hinausgehen – und dann dämmerte es ihm. Er machte wieder kehrt und rannte zu dem Haufen von Essensbehältern. Er warf Pizzakartons beiseite und fand, wonach er suchte – die Kentucky-Fried-Chicken-Schachtel. Und darinnen war er: der E. L. F.-Transmitter von Spider Legs, den Nancy darin verstaut hatte. Harry riß ihn aus dem Karton und wankte aus dem Raum.

Er eilte zurück zu dem Lastwagen. Beim Einsteigen reichte er Rachel den E. L. F.

»Was ist das?« sagte sie.

»Das ist ein Niedrigfrequenztransmitter«, sagte er. »Er wurde entwickelt, um ein Signal vom Mars zu senden. Also müßte er auch eines aus der Mine senden können.«

Rachel zog bewundernd die Brauen hoch. Dieser Mann war immer einen Schritt weiter. Dann begann ihr zu dämmern, warum sie den E. L. F. brauchen würden und was dies in der Konsequenz bedeutete. Die Mine konnte Sicherheit bedeuten – oder ein steinernes kaltes Grab.

Sie fuhren los.

56

In den Hügeln unten am Berge, gute zehn Meilen entfernt von der eruptierenden Spitze, war eine Straßensperre errichtet worden. Die Humvees fuhren gerade heran, brachten die letzten Flüchtlinge aus der zerstörten Stadt heran.

An diesen Kreuzungen herrschte reger Betrieb. Menschen wurden von Sanitätern verbunden, in Krankenwagen getragen. Nachbarn hielten einander umarmt, trösteten sich gegenseitig, beobachteten das großartige und zugleich entsetzliche Naturschauspiel aus dieser endlich doch sicheren Entfernung. Reporter verschiedener Medien hatten sich dort versammelt, brachten aufgeregt Reportagen – echte Reportagen! Alle zwei Minuten trafen weitere Reporter ein, atemlos und übermüdet.

Nancy, Terry, Stan und Greg stiegen zitternd aus dem vordersten Humvee aus. Als ihre Füße zum ersten Mal nach 24 Stunden festen Boden berührten – Boden, der nicht ständig zitterte –, schauten sie sich erleichtert an. Dann, während sie da standen und sich streckten und zu dem Berg hochstarrten und begannen über Dreyfus und Harry zu sprechen, geriet der Berg außer sich.

Ein großes Erdbeben folgte. Kurz nur, vielleicht acht oder neun Sekunden lang, aber stark – auf der Richter-Skala mindestens sechs Punkt sieben. Und dann zeigten alle in die Richtung und keuchten und schrien. Die ferne, aber deutlich zu sehende Silhouette von Dante's Peak schien plötzlich zu verschwimmen, zu erzittern, als ob der Berg selbst unscharf geworden sei. Und dann begann der ganze südöstliche Hang des Berges zu rutschen. Und hinter dem Erdrutsch, der sich mit einer Geschwindigkeit von 200 Meilen pro Stunde den Berg hinunterwälzte, riß eine gigantische Eruption den Vulkan bis in seine Eingeweide auf.

Der gewaltige Kopf des übererhitzten, dampfgeladenen Magmas, der unter ungeheurem, nach oben gerichtetem Druck stand, schier platzend vor unglaublicher Energie und eingesperrt, wurde durch den Erdrutsch plötzlich freigesetzt. Das Magma schoß heraus. Es dehnte sich logarithmisch in Nanosekunden. Es blähte sich einer Supernova gleich auf. Eine Explosion, zehn Millionen Tonnen von TNT gleich, brüllte auf. Eine Kubikmeile Berg wurde in die Luft geschleudert.

Und ein entsetzliches Brüllen erreichte schließlich die Ohren der Zuschauer unten. Ein Brüllen, so erderschütternd und anhaltend, daß denen Tränen in die Augen traten, die so nahe daran gelebt hatten. Tränen purer, entsetzter, ursprünglicher Furcht.

Eine schwarze Aschewolke stieg auf zwölf Meilen hoch in den Himmel.

Strahlen sonderbar gefärbter Blitze zuckten durch die Wolken. Blau, grün, rot.

Selbst die an Katastrophen gewöhnten Angehörigen von Polizei und den Medien wechselten »Allmächtiger-Gott«-Blicke.

Das ungeheure Beben warf den Lastwagen des Forst Service seitwärts von der Straße in eine hölzerne Bushaltestelle, die unter der Wucht zusammenbrach. Harry schaltete hektisch einen niedrigeren Gang ein, so daß der Lastwagen während der Erschütterung weiter vorwärts fuhr. Nachdem das Beben aufgehört hatte, brachte er sie auf die Straße zurück und gab soviel Gas, wie es die nackten Felgen erlaubten, als die Erde gewaltig erschüttert wurde. Es war der Südosthang, der abrutschte, etwas, das sie aber nicht sehen konnten. Er lag außerhalb ihres Blickfeldes.

Dann hörten sie das grauenhafte Brüllen der Megaeruption, als die Spitze des Berges weggeschleudert wurde. Ein Brüllen, das sie anschließend noch für Minuten buchstäblich betäubte – so nahe waren sie dem Schlund der Bestie.

Harry drückte das Gaspedal noch weiter durch, steuerte den Wagen mit Höchstgeschwindigkeit aus der Stadt und bog auf die Straße, die zur Mine führte. Sie blickten zu dem eruptierenden Berg auf. Sie alle waren jetzt fast starr vor Furcht.

Harry holte noch mehr Tempo aus dem Lastwagen, brachte das Fahrzeug weiter voran, hatte die Mine hinter der nächsten Biegung deutlich vor Augen. Nur noch eine Viertelmeile weiter entfernt.

Er warf einen Blick in den Rückspiegel und zuckte zusammen: Es konnte nicht sein! Er drehte sich abrupt auf seinem Sitz um, um direkt schauen zu können. Nein! Bitte! –

Aber es war das, was er befürchtet hatte.

Etwas Entsetzliches geschah in der Ferne hinter ihnen und über ihnen. Eine riesige schwarze Wolke erstreckte sich von Horizont zu Horizont. Die Wolke raste von dem Berg herunter auf sie zu. Dies war ein pyroklastischer Fluß – eine mörderische Wolke aus Bimsstein und weißem heißem Gas und Asche schoß mit einer Geschwindigkeit von sechshundert Meilen pro Stunde heran.

Es war einer der ehrfurchtsgebietendsten Anblicke der Natur überhaupt. Harry wußte genau: Einer solchen Wolke im Wege zu stehen, eine auf sich zurasen zu sehen, bedeutete, den Tod zu sehen, bevor man starb. Die Schockwelle einer Atombombe war nicht annähernd so tödlich.

Die pyroklastische Wolke wölbte sich wie eine Riesenhand, streckte sich krallend nach ihnen, während sie abwärts raste, und verschlang alles, was in ihrem Wege war.

Allein von entsetzter Reaktion geleitet, steuerte Harry den Lastwagen mit vierzig Meilen Geschwindigkeit schleudernd um die nächste Biegung, hielt nach dem Mineneingang Ausschau, steuerte den Lastwagen darauf zu, schloß seine Hände fest um das Lenkrad und betete.

Er versuchte, nicht zurückzuschauen. Er tat es doch – schaute in den Rückspiegel auf der Beifahrerseite. Die tintige

Wolke war schon rechts über ihnen! Sie würden geröstet werden! Sie würden es nicht schaffen! Dann erinnerte er sich glasklar: *Gegenstände wirken im Rückspiegel näher, als sie tatsächlich sind.*

»Festhalten!« brüllte Harry, umklammerte das Lenkrad mit all der Kraft, die Gott ihm gab.

Hinter ihnen schoß die heulende Wolke mit der vielfachen Gewalt eines Hurrikans nach Dante's Peak hinein, ein 800 Grad heißes Monster, das sich in entsetzlichem Glanz hineinwälzte, alle Dinge auslöschte. Cluster's Motel löste sich einfach in nichts auf. Sämtliche Gebäude an der Hauptstraße – verschwunden. Fahrzeuge, die auf dem geborstenen Freeway liegengeblieben waren – in Moleküle zerlegt.

Die ganze Stadt verschlungen wie von einer direkt in ihr gezündeten Wasserstoffbombe.

In Sekundenbruchteilen war der tödliche Strom bei dem Lastwagen, umhüllte ihn, riß ihn in genau dem Augenblick hoch, als er die Mine erreichte. Der Lastwagen mit allen Insassen wurde buchstäblich durch den Zaun geschleudert, dann durch die Blechtür und in den Mineneingang, während die Wolke auf den Granithügel heran- und darüber hinwegrollte und weiter toste.

Augenblicklich verschwand der von Holzstempeln getragene Mineneingang unter einer Explosion von Trümmern – einem Regen aus Felsen, Bäumen, Schlamm, verkohlten Holzresten und ungeheuren Mengen von Erde, die von oben herunterrutschte.

Die Mine war verschüttet.

57

Der Lastwagen landete mit dem Geräusch von kreischendem, zerfetzendem Metall im Mineneingang. Die Seiten des Fahrzeugs wurden einfach weggerissen. Dann kam der LKW schließlich dröhnend und knirschend zum Stillstand.

Harry prallte gegen die Windschutzscheibe, zerschlug sie in Scherben. Er kippte zerschrammt und blutend rücklings. Aber er war ansonsten unversehrt. Die anderen ebenfalls. Sie sahen sich in der plötzlichen relativen Stille um, standen unter Schock. Das Brüllen der pyroklastischen Schockwelle hallte wider, aber da draußen – da draußen. Irgendwie waren sie hier hineingelangt.

Der Lastwagen blockierte den Mineneingang völlig. Wie ein Korken in einer gigantischen Flasche.

»Seid ihr alle okay?« sagte Harry, der seine Kratzer am Kopf betastete. Er klang erstaunt, weil sie noch lebten.

Alle waren okay. Rachel wischte Grahams blutige Nase ab. Lauren rieb einen schmerzenden Arm, umklammerte noch immer ihren Kristall. Rachel selbst hatte überall Prellungen, aber keine Zeit, sich zu betasten.

Bei dem Aufprall war der Motor des Lastwagens ausgegangen, doch seine Scheinwerfer brannten wunderbarerweise noch. Sie warfen ein helles, unheimliches Licht in den Minenstollen, der sich vor ihnen streckte.

Draußen regnete es weiter Kaskaden von Asche und Vulkantrümmern auf den Mineneingang und begrub alles. Schon jetzt hätte ein zufällig Vorbeikommender Mühe gehabt, den zuvor deutlich sichtbaren Mineneingang zu finden.

Die Insassen des Lastwagens sammelten sich und versuchten nachzudenken. Harry blickte in den erleuchteten Tunnel und wog die Möglichkeiten ab. Sie hatten absolut keine Chance, den Stollen auf dem Wege zu verlassen, auf dem sie hineingelangt waren, selbst wenn sie es gewollt hätten.

Harry schloß daraus schnell, daß ihre Zukunft, falls sie denn eine hatten, vor ihnen lag. Er nahm seine Beine hoch und trat mit den Füßen zu, brach so die restlichen Scherben der zerbrochenen Windschutzscheibe heraus.

Nachdem er eine sichere Öffnung geschaffen hatte, half er Rachel und den beiden Kindern, auf die Motorhaube des Fahrzeugs zu kriechen und dann hinein in den Stollen. Roughy folgte zögernd auf die Motorhaube hinaus, sprang dann mit einem Satz auf den Boden des Stollens.

An der Straßensperre unten am Fuße des Berges standen Nancy, Terry, Greg und Stan zusammen mit all den anderen Menschen in ehrfürchtigem Staunen und beobachteten aus der Entfernung die Eruption. Sie alle hatten gesehen, wie die pyroklastische Wolke mit erschreckender Geschwindigkeit den Berg hinunterrollte, hatten ihr Gebrüll gehört. Sie wußten, wie gewaltig sie war, und sie wußten, was das bedeutete. Niemand überlebt eine solch gigantische Hitze.

Nancy sank weinend auf die Knie. Sie begrub ihr Gesicht in den Händen.

»Lebe wohl, Harry«, sagte Terry. Er schlug eine seiner Krücken auf den Boden.

Die stillgelegte Silbermine war Grahams persönlicher Spielplatz, ein verbotenes Revier für ihn und seine Spielgefährten.

Jetzt führte er die kleine Gruppe von Überlebenden durch den Stollen, vorbei an mehreren Gabelungen und Abzweigungen zu einer kleinen Felsenkammer, die von kräftigen Holzstempeln und Balken getragen wurde. Es waren alte, mit Kreosot versiegelte Holzstempel, aber sie wirkten massiv. Staub erfüllte die Luft und Geröll kollerte in die Winkel des Raumes hinunter.

Überall in der Kammer fanden sich reichlich Beweise dafür, daß Kinder hier einige Zeit in heimlicher Konklave verbracht hatten. Sauber gestapelte Mineralwasserdosen. Eine Dartscheibe, die an einen der Stempel genagelt war. Comic-Hefte. Ein Beck-Poster. Ein Gameboy. Eine halbleere Tüte mit Chips. Ein Skateboard. Ein paar Turnschuhe. Alles, was ein Jungenherz erfreut.

»Hier«, sagte Graham, der in einer Holzkiste kramte. »Taschenlampen.«

»Graham, gibt's einen anderen Weg hier hinaus?« fragte Harry.

Graham schüttelte den Kopf. »Ich kenne diese Mine ganz genau«, sagte er. »Wir sind hier unten gefangen.«

Graham verteilte drei Taschenlampen, während Lauren mit den Streichhölzern, die er ihr gegeben hatte, einige der vielen Kerzen anzündete.

»Hier hinten sind Cracker und Chips und etwas Cola«, sagte Graham. Er hatte sehr gemischte Gefühle, weil er alles über sein geheimes Heiligtum so offenlegte. Einerseits war er stolz darauf, in diesem Augenblick der Krise helfen zu können, andererseits war er verärgert darüber, alles preisgeben zu müssen.

Alle erstarrten, als sie neuerlich vulkanisches Zittern verspürten, das endlos anzuhalten schien. Dann ein erschreckendes Geräusch in der Ferne. Teile des alten Bergwerks stürzten ein. Es hallte dröhnend in den gewundenen Stollen.

Roughy winselte und drehte sich einmal um sich selbst. Sie legte ihren Kopf auf die Pfoten und sah verängstigt aus.

Die Menschen sahen sich im flackernden Kerzenschein an. Die Wände des Bergwerks und die Decke schüttelten Schmutz von sich. Die alten Zedernholzstempel zitterten, als wollten sie sich aufbäumen.

»Klingt, als ob alles auf uns herunterstürzen würde«, sagte Rachel.

»Wir werden lebendig begraben werden«, sagte Lauren. Sie begann zu weinen. Rachel schlang ihre Arme um sie. Etwas anderes konnte sie nicht tun.

Dann ein fernes scharfes Rumpeln: ein Teil des Stollens stürzte ein. Einer der Stempel nahe dem Eingang zerbarst mit einem schußähnlichen Knall.

Harry erinnerte sich an das E. L. F. »Ich werde zum Lastwagen zurückgehen, um den Transmitter zu holen«, sagte er. Er setzte sich in Bewegung.

»Ich komme mit dir«, sagte Graham. »Du könntest dich verlaufen.«

»Nein!« sagte Rachel. »Ich werde gehen. Ich kenne den Weg.«

Graham starrte sie überrascht an. »Du, Mom?«

»Um Himmels willen, Graham«, sagte sie, »glaubst du, ich hätte auf meine Mutter gehört, als ich ein Kind war?«

Graham sah seine Mutter in völlig neuem Licht. Er lächelte.

»Ich gehe allein«, sagte Harry. »Ihr bleibt zusammen.«

Rachel lächelte zuversichtlich, hatte ihre Arme noch immer um die Kinder gelegt. Alle wollten tapfer sein, aber ihr Mut sank.

Lauren sprach aus, was alle dachten. »Wir werden nicht hier rauskommen, nicht wahr?« flüsterte sie.

Harry zwang sich zu einem breiten Lächeln. »Sicher werden wir das«, sagte er. Und dann, um seiner Zuversicht Nachdruck zu verleihen: »He, wart ihr je Tiefseefischen?«

Sie alle waren von seiner Frage überrascht.

»Nein, Harry«, erwiderte Rachel, die sich zu einem Lächeln zwang.

»Ich bin eigentlich jemand, der schlecht Ferien machen kann«, sagte er, »aber mit euch wird das riesig werden. Wir werden auf die Keys fahren, ein Boot chartern und uns ein paar große Fische holen. Wie wär's, habt ihr Lust dazu?«

Rachel und Harry sahen einander an. Wie zwei Menschen, die sich schon ewig kannten. Rachel lächelte. »Klingt toll, Harry«, sagte sie.

Graham versuchte, es ihnen gleichzutun. »Ja, Harry«, sagte er, »klingt toll.«

Die kleine Lauren nickte tapfer.

Harry lächelte. »In Ordnung, dann ist das abgemacht«, sagte Harry. »Ich bin gleich wieder zurück.«

Er machte kehrt und eilte den Stollen entlang. Für einen langen Augenblick glühte der Strahl seiner Taschenlampe beruhigend in dem Stollen. Dann verschwand auch er.

Alles, was blieb, während Rachel, Graham, Lauren und Roughy zusammengekauert warteten, war die zitternde Erde und das ferne Rumpeln, als Teile der Mine einstürzten.

Mit einem plötzlichen, erschreckenden, brüllenden Geräusch brach in ihrer unmittelbaren Nähe ein weiterer Teil des Stollens ein. Eine Ladung Staub fegte explosionsartig aus dem Tunnel, in den Harry gegangen war. Als der Staub sich gelegt hatte, kam aus dieser Richtung kein Licht und kein Geräusch mehr.

Oben, am Eingang zum Bergwerk, beleuchteten die Scheinwerfer des Lastwagens noch immer schwach ein Stück Tunnel.

Harry lief um eine Biegung herum und rannte darauf zu, als er ein mächtiges, böses Stöhnen unmittelbar über sich hörte und spürte, daß Erde herunterfiel. Die Decke des Tunnels begann nachzugeben. Harry war entsetzt und rannte, so schnell er konnte, auf den Lastwagen zu. Während er lief, stürzte die Decke des Stollens hinter ihm ein. Dann ein weiteres Stück. Und noch eines. Jedes drohte Harry zu begraben, wenn es ihm nicht gelang, davor wegzulaufen.

Und es gelang ihm nicht. Die Decke kam heruntergestürzt – ein Blizzard aus Staub und Fels und Erde flog heran. Harry zog den Kopf ein und versuchte weiterzulaufen. Er stürmte vorwärts, fünf Schritte, acht, dann stolperte er und stürzte unter einem herabfallenden Balken zu Boden. Er verschwand unter den Trümmern.

58

Rachel und die Kinder hörten es – dieses entsetzliche Geräusch, das nur aus dem Tunnel kommen konnte, der zum Eingang führte. Es klang, als würde ein Dach auf Harry herabstürzen, ihn von ihnen trennen.

Lauren, die das Schlimmste befürchtete, schrie: »Harry! Harry!«

Rachel kämpfte gegen Tränen an und zog ihre Kinder fest an sich.

Da draußen war nur der Haufen von Schutt und Stille. Die Scheinwerfer des Forestry-Service-Lastwagens glühten in der Ferne, wurden schwächer. Ein neues Zittern, und wieder stürzte Erde auf den Haufen. Alles war still.

Bis ...

Der Hügel teilte sich und Harrys Hand kam heraus.

Bald grub er sich langsam voller Schmerzen aus den Felsen und den Trümmern hervor. Er kam nur mühsam voran, das Gesicht schmerzhaft verzerrt. Und als er sich schließlich befreit hatte, schaute er auf seinen linken Arm, der da seltsam verdreht baumelte. Er war offenbar gebrochen.

Harry kam mühsam auf die Beine und schleppte sich zu dem Lastwagen. Vor Schmerzen zusammenzuckend und sich krümmend, mit ungeheurer Anstrengung und mühsam, zwängte er sich durch die Windschutzscheibe, zog sich mit nur einem Arm voran.

Er zog die Taschenlampe heraus, die er hatte festhalten können, und leuchtete damit auf dem Vordersitz herum, dann auf dem Boden. Er suchte nach dem E. L. F. Keine Spur von ihm. Dann entdeckte er ihn, eingeklemmt auf dem Rücksitz. Harry langte nach dem E. L. F., als er plötzlich ein anderes beunruhigendes Geräusch hörte. Gott – was jetzt noch?

Dieses Mal klang es anders. Ein Knirschen? Ein Stöhnen? Irgend etwas unmittelbar draußen begann nachzugeben. Harry stellte fest, was es war ...

BUMM! ... BUMM!

Die Türen des Lastwagens barsten plötzlich aus ihren Halterungen, aus den Rahmen, und begannen näher zu kommen. Die Wände des Bergwerks rückten näher zu dem Lastwagen heran, zerquetschten ihn allmählich. Harry war in der Mitte gefangen, als die Seitenwände des Trucks sich immer stärker heranbogen, näher rückten. Näher. Sein gebrochener Arm war an seinen Körper geklemmt, und noch immer rückten die Wände näher. Er würde zermalmt werden ...

Und dann verhielten sie. Stücke von Gestein und Schmutz fielen durch das aufgerissene Dach des Lastwagens, vermengten sich mit dem Schweiß auf Harrys Gesicht. Harry hatte Angst, sich zu bewegen, fürchtete zu atmen.

Mit großer Anstrengung drehte er seinen Körper herum. Und entdeckte im Strahl seiner Taschenlampe ...

Den E. L. F., eingeklemmt in der Ecke, offensichtlich unversehrt.

Er mühte sich verzweifelt, ihn zu erreichen, wurde dabei vor Schmerz fast ohnmächtig. Er streckte sich und zappelte, schob seinen geschundenen Körper zentimeterweise in den unmöglichen engen Raum vor. Ein metallener Käfig, dachte er, während ihn eine Welle von Benommenheit überkam. Hier werde ich sterben. Nur Zentimeter entfernt von...

Und alles wurde schwarz ...

Er kam wieder zu sich. Er lebte noch, ausgestreckt, in einer Falle eingeklemmt. Er nahm all seine Kraft zusammen, ruckte heftig vor und – Halleluja! – berührte mit seinen Fingerspitzen den E. L. F. Er brachte ihn kratzend und schabend näher zu sich, und dann konnte er ihn greifen! Er zog ihn hungrig an sich. Suchte nach dem Schalter. Betätigte ihn.

Nichts geschah.
Er betätigte den Schalter wieder.
Und wieder! –
Wut stieg in ihm auf. Es funktionierte nicht! Diese verdammte zig Millionen Dollar teure NASA-Kiste funktionierte nicht! Und dafür schüttete er seine Steuerdollars in die Hände dieser arroganten unfähigen Regierungsknilche! Mit diesem Gedanken und all seiner schwindenden Kraft knallte er den E. L. F. an die Wand des Lastwagens.
Und dann ging das rote Licht an.
Der E. L. F. sendete. Harrys Gesicht erhellte sich, strahlte und leuchtete schließlich wie der Leuchtturm von Nantucket!

59

Es war graue, frühe Dämmerung. Noch immer erfüllte ein leichter Ascheregen die Luft. Doch der ganze Bereich um den Mineneingang war von unzähligen Scheinwerfern beleuchtet, so strahlend hell, als sei dort draußen Mittag.
Ein großer olivgrüner Hubschrauber der Nationalgarde kam herangeflogen, landete neben dem Rettungsgerät: Bulldozer, Tieflader, Tunnelbohrer, Bagger. Da waren so viele Nationalgardisten, Rettungsmänner und Pressevertreter, daß man hätte glauben können, bei einer Filmpremiere zu sein oder daß es eine Elvis-Erscheinung gäbe.
Alle Blicke waren auf den Eingang zum Bergwerk gerichtet, während die Arbeiter den letzten Abschnitt räumten und die restlichen Meter von Trümmern beiseite schafften.
Ein Zugangstunnel war offen. Der Weg war frei. Ein Berg-

arbeiter kam zuerst heraus. Dann Rachel, die Kinder und dann Roughy.

Die Arbeiter, Pressevertreter und andere Zuschauer brachen in spontanen Beifall aus, als die Rettungsmänner sie aus der Mine geleiteten.

Sie waren von Schlamm und Schmutz bedeckt und halb geblendet von den gleißenden Scheinwerfern, ansonsten aber wohlauf.

Sanitäter hüllten sie in Decken, während Schwärme von Reportern zu ihnen eilten und sie mit Fragen überschütteten. Die Gardisten versuchten, sie zurückzuhalten.

Harry lehnte an dem Krankenwagen, seinen gebrochenen Arm in einer Schlinge, und ließ seine Schnittwunden und Prellungen von einem Sanitäter verarzten, als er sie herauskommen sah. Er drängte an dem Sanitäter vorbei und lief zielstrebig los.

»Ich bin noch nicht fertig!« sagte der Sanitäter.

Aber Harry beachtete ihn nicht. Er bahnte sich seinen Weg durch die Menge.

Rachel sah Harry zuerst. Ihr Gesicht erhellte sich vor Überraschung. Und strahlte dann vor reiner, unbändiger Freude.

Dann sah Lauren ihn, dann Graham.

»Seht doch, es ist Harry!« sagte er. »Er lebt!«

Schließlich standen er und Rachel einander gegenüber, zwei Menschen, die gemeinsam durch die Hölle gegangen waren.

Dann lag Rachel in seinen Armen. Sie umarmten sich innig. Die Kinder kamen zu ihnen, und Harry legte seine Arme auch um sie. Keiner sagte ein Wort.

Bis Graham die Sprache wiederfand. »Wir dachten, du seist tot«, sagte er.

Ein Wagen der Nationalgarde fuhr in den abgesperrten Bereich und hielt an. Seine Türen öffneten sich, und Terry, Nancy, Greg und Stan sprangen heraus und riefen Harrys Namen. Sie kamen herübergeeilt. Sie klopften Harry auf den Rücken und umarmten ihn und schüttelten ihm die Hand.

»Harry, als ich das E. L. F. - Licht blinken sah«, sagte Terry, »fiel ich fast vom Stuhl.«

»Er fing an zu schreien ›Danke, NASA! Danke‹«, sagte Nancy.

Harry sah sich suchend um. »Wo ist Paul?« fragte er.

Ein Augenblick des Schweigens. »Paul hat's nicht geschafft«, sagte Terry.

»Nein!« sagte Harry. Er reagierte, als ob ihm jemand einen heftigen Schlag versetzt hätte.

Sie schauten sich ernst an.

Schließlich sagte Terry: »Teufel, zumindest hat er die Show sehen können.«

»Die Show«, sagte Harry leise. »Die verdammte Show.«

Und mit diesen Worten legte Harry seine Arme wieder um Rachel und die Kinder.

Die Rettungsmänner schirmten sie vor den Reportern ab, während die Gardisten sie zu dem wartenden HUEY eskortierten. Sie stiegen an Bord. Der Pilot startete die Motoren. Die Rotoren begannen, sich langsam zu drehen, nahmen dann an Geschwindigkeit zu, und der Vogel schoß in die Luft.

Harry, Rachel, die Kinder und eine aufgeregte Roughy wurden von der Stelle fortgetragen, die beinahe ihr Grab geworden wäre, tatsächlich aber der Ort ihrer Rettung geworden war.

Bald flog der Hubschrauber in einer steilen Kurve über

Dante's Peak. Während sie über die Stadt huschten, die vor kurzem noch ein idealer, lebenswerter Ort gewesen war, sahen sie das ganze Ausmaß der schrecklichen Verwüstung, die der Vulkan angerichtet hatte.

Für Harry schien dies eine geradezu schreiende, eindring-[illegible]he Botschaft zu sein: Die gewaltigen und formenden Pro-[illegible] der Natur folgten Gesetzen, die größer waren als die von [illegible] gemachten, und sie lachten über so lächerliche [illegible] Zuhause.

[illegible]er darauf. Dann …

[illegible] sei verflucht, dachte er. Die Natur in dieser mächtigen, rücksichtslosen Form ist mein Feind! Und ich werde nicht aufhören, sie zu bekämpfen und zu erforschen und auseinanderzunehmen, bis ich sie in den Griff bekomme. Bis keine Menschen mehr durch Hinterlist und blinde Zerstörungswut sterben müssen.

Er ergriff Rachels Hand, und sie sahen sich an, dankbar dafür, daß sie lebten. Dankbar für einander.

Der Hubschrauber legte sich in eine Kurve und stieg dann steil nach oben, fort von dieser Szene des Schreckens. Er schwang sich mit ihnen hoch, so hoch, daß sie die grün bewaldeten Cascades und diesen beglückenden und majestätischen Anblick von einst wiederfanden.